dtv

Eine kleine Stadt in Nordfrankreich. Warum es Alex ausgerechnet hierher verschlagen hat, weiß sie selbst nicht genau. Aber die burschikose Weltenbummlerin will ohnehin nicht lange bleiben – wäre da nicht die Sache mit dem Bruder ihres Vermieters Bertrand: Zwar spricht Gérard undeutlich und kann kaum laufen, aber er bringt mit seiner Fröhlichkeit und seiner Liebe zur Poesie ihr Herz zum Schmelzen. Da Bertrands verbitterte Frau fortwährend grübelt, wie sie den Behinderten loswerden kann, beginnt Alex zusammen mit ihren Freunden Cédric und Olivier, für ihren »Poeten der kleinen Dinge« nach einem besseren Leben Ausschau zu halten …

Marie-Sabine Roger, 1957 in Bordeaux geboren, lebt mit ihrer Familie in Südfrankreich. Sie arbeitete einige Jahre als Grundschullehrerin, ehe sie sich ganz der Schriftstellerei widmete. Ihre Romane wurden mit mehreren Preisen ausgezeichnet. Ihr letzter Roman, ›Das Labyrinth der Wörter‹, wurde in zahlreiche Sprachen übersetzt, avancierte in Frankreich und Deutschland zum Bestsellererfolg und wurde mit Gérard Depardieu und Gisèle Casadesus verfilmt.

Marie-Sabine Roger

Der Poet der kleinen Dinge

Roman

Aus dem Französischen von
Claudia Kalscheuer

Deutscher Taschenbuch Verlag

Von Marie-Sabine Roger
ist im Deutschen Taschenbuch Verlag erschienen:
Das Labyrinth der Wörter (21284)

Ausführliche Informationen über
unsere Autoren und Bücher
finden Sie auf unserer Website
www.dtv.de

MIX
Papier aus verantwortungsvollen Quellen
FSC® C019821

Ungekürzte Ausgabe 2013
Deutscher Taschenbuch Verlag GmbH & Co. KG,
München

Titel der französischen Originalausgabe:
›Vivement l'avenir‹
(Éditions du Rouergue, Rodez 2010)

Umschlagkonzept: Balk & Brumshagen
Umschlagbild: Markus Roost
Satz: Dörlemann Satz, Lemförde
Druck und Bindung: Druckerei C.H. Beck, Nördlingen
Gedruckt auf säurefreiem, chlorfrei gebleichtem Papier
Printed in Germany · ISBN 978-3-423-21432-2

Richtung Hühnerfarm

Wie das Gespräch darauf gekommen ist, weiß ich nicht mehr genau.

Es passierte einfach.

Vielleicht hatte es mit den Kötern zu tun. Damit, dass sie im Fernsehen erzählt haben, wie viele von ihnen zum Ferienanfang im Tierheim landen. All diese braven Wauwaus mit ihrer feuchten Schnauze und den treuherzigen braunen Augen.

»Den eigenen Hund einfach aussetzen ... Was für ein Jammer!«, hat Marlène da gesagt und ihren Tobby gestreichelt. »Diese verdammten Schweine! Die Todesstrafe müssten sie kriegen!«

»Na, hör mal. Ein bisschen Knast vielleicht, okay, da hätte ich auch nichts gegen«, hat Bertrand mit seiner ewig ruhigen Stimme geantwortet.

Wütend habe ich den noch nie erlebt.

Marlène hat den Kopf geschüttelt. Wenn sie von etwas überzeugt ist, lässt sie nicht locker. »Die Todesstrafe. Und basta. Nicht wahr, Tobby, mein Liebling, mein Dickerchen? Am besten mit der Guillotine, hm? Und nicht einfach zack, runter das Hackebeil, nee, nee, wenn schon, denn schon. In kleinen Schritten, *ratsch*, *ratsch*, *ratsch*.«

»Klar, die Guillotine«, hat Bertrand gemeint.

Roswell hat sich kaputtgelacht. Er lacht sich ständig kaputt.

Ich saß in meiner Ecke und las, ohne etwas zu sagen. Ich rede selten.

Wozu sollte das gut sein?

Ausschlaggebend war aber vermutlich die Nummer, die Roswell etwas später am Abend abzog. Weil er sich Popcorn machen wollte, ohne jemanden zu fragen.

Er könnte sich nur von Popcorn, Pommes und Cola ernähren. Er ist verrückt danach.

Er hat also das Gas angezündet, ganz allein, die Pfanne aufs Feuer gestellt, einen kräftigen Schuss Öl reingekippt, die Maiskörner dazu, alles so, wie es sich gehört. Und dann hat er die Pfanne vergessen.

Roswell hat zwar manchmal Ideen, aber mit der Umsetzung hapert es immer ein wenig. Vielleicht ist *Ideen* auch zu viel gesagt.

Wohl eher Einfälle.

Und als Marlène dann in die Küche gekommen ist, um Wasser für die Nudeln aufzusetzen, war überall dichter, beißender Rauch, der mörderisch in den Augen brannte.

Sie hat geschrien: »Das darf doch wohl nicht wahr sein! Was für ein verdammter Saustall!«

Dann hat sie hektisch das Fenster aufgerissen und alles runtergefegt, was davorstand: Abtropfsieb, Weinkrug, Salzstreuer und Salatbesteck. Sie hat die Pfanne in die Spüle gepfeffert, den Wasserhahn voll aufgedreht, es hat gezischt und gedampft. Nur der Geruch ist geblieben.

Als sie ins Esszimmer zurückkam, brüllte Marlène, dass es reicht, wirklich reicht, ein für alle Mal! Das wäre einfach der Gipfel! Jetzt hätte er fast schon wieder die ganze Bude abgefackelt, dieser Trottel, dieser Vollidiot! Eines Tages würde das Haus nur noch ein Haufen Asche sein, und wegen wem?

Roswell hat gelacht, aber es wirkte ziemlich unentspannt.

Ich kenne ihn besser als alle anderen, schließlich bin ich die Einzige, der etwas an ihm liegt, und ich habe genau gesehen, dass er Muffensausen hatte, schon an der Art, wie er jede Bewegung von Marlène verfolgte, wie er sie nicht aus den Augen ließ. Bloß nicht, man weiß ja nie.

Marlène rutscht nämlich manchmal die Hand aus. Und ihre Ohrfeigen sind nicht von schlechten Eltern.

Aber sie hat sich nur zu mir umgedreht und geseufzt: »Schaff ihn mir aus den Augen! Ich ertrage das alles nicht mehr, er macht mich fertig!«

»Hat er was gegessen?«, fragte Bertrand.

»Er hat keinen Hunger!«

Ich habe Roswell aus dem Sessel geholfen. Wir sind die Treppe hinaufgestiegen, er voran, ich hinterher, für alle Fälle. Nach einem Zwischenstopp auf dem Klo habe ich ihn in sein Zimmer gebracht. Ich habe ihm geholfen, sich auszuziehen, in seinen Schlafanzug zu schlüpfen und die Windel für die Nacht anzulegen. Ich habe ihm die Decke bis unter sein stoppeliges Kinn gezogen, die Brille abgenommen und ihm ein Glas Wasser gereicht.

Er hat geflüstert: »Dubisssnett-nich?«

Ich habe gesagt: »Na klar! Klar bin ich nett! Das weißt du doch, oder?«

»Mja. Dubisssnett, du.«

»Ja, das bin ich. Und du, du solltest das mit dem Popcornmachen lieber lassen!«

Er hat gelacht.

Dann habe ich auf die Nachttischlampe gezeigt und den Kopf geschüttelt.

»Nei-nei-nein, nei-nei-nein«, hat er gesagt.

Ich weiß, dass er Angst hat: im Dunkeln, vor Spinnen, vor Wespen, vor Gewitter.

Und auch vor Marlène.

Vor allem vor Marlène.

Ich habe mit dem Zeigefinger an meinen unsichtbaren Mützenschirm getippt, okay, Chef, alles klar, Chef, ich lass dein Licht an. Er hat so breit gegrinst, dass man seine vielen schiefen Zähne sehen konnte und das Zahnfleisch, wie bei einem Maulesel. Er hat meinen Gruß nachgemacht und sich mit der Hand schräg an die Wange getippt.

»Okeh-Scheff!«

Ich habe ihm zugezwinkert und die Tür leise hinter mir geschlossen. Da hatte er schon den Zipfel seines Betttuchs im Mund und nuckelte daran. Er zwinkerte zurück, mit beiden Augen gleichzeitig. Mit einem allein schafft er es nicht.

Und ich habe wie jeden Abend gedacht: Du bist mir einer, Roswell! Leider hast du es übel erwischt, als du aus dem Bauch deiner Mutter gekrochen bist.

Als ich die Treppe zehn Minuten später wieder runterging, kreiste das Gespräch immer noch um Roswell.

Marlène saß Bertrand gegenüber rittlings auf einem Stuhl, die Arme auf der Rückenlehne verschränkt, das Kinn daraufgestützt und den Rock bis über die Oberschenkel hochgeschoben. Sie zog an ihrer Zigarette, die Lippen zusammengekniffen, ein Mundwinkel schräg nach unten, die Augen wegen des Rauchs halb geschlossen. Sie wirft sich gern in solche Westernposen. Das ist ihre »Catamini-Jane«-Seite, wie sie sagt. Ihr Zorn war noch lange nicht verflogen, sie redete sehr laut.

Es stank wie im Pumakäfig – der Geruch des verbrannten Popcorns mischte sich mit dem des Raumsprays. Davon musste Marlène mindestens die halbe Dose in die Luft gepumpt haben.

Sie hatten mich nicht gehört. Ich blieb auf halber Treppe im Dunkeln stehen und lauschte gespannt. In meinen schwarzen Klamotten konnten sie mich auf keinen Fall sehen.

Es war wie im Theater: Die beiden Hinterwäldler mitten auf der Bühne, im grellen Licht der nackten Glühbirne, das sich mit dem des ständig laufenden Fernsehers mischte, der in einer Ecke blau vor sich hin flimmerte.

Bertrand saß mit hängenden Schultern da, so lebendig und fröhlich wie ein Gespenst, und starrte auf seinen Käse. Marlène ließ sich über Gérard aus, diesen Hemmschuh, diesen Klotz am Bein. Sie sagte, sie hätte nachgedacht. Und da wäre ihr auf einmal ein Licht aufgegangen, eine Erleuchtung, eine innere Stimme, die sagte …

»Na los, rück schon raus mit der Sprache …«, seufzte Bertrand.

Marlène erklärte ihren Plan. Er war einfach und klar.

Die Idee des Tages bestand darin, Roswell auszusetzen.

Bertrand hat einen Engel oder zwei durchs Zimmer gehen lassen und in der Zeit ein paar Würfel aus Brotkrumen geknetet. Dann hat er den Kopf gehoben.

»Sag mal, spinnst du?«, fragte er.

Schweigen.

Dann weiter: »Ihn aussetzen? Du schimpfst über die Leute, die sich ihren Hund vom Hals schaffen, und willst Gérard aussetzen? Ich sag dir was: Du hast 'nen Schuss.«

»Ich wüsste nicht, warum! Nenn mir einen Grund, warum wir ihn behalten sollten, einen einzigen!«

»Er ist mein Bruder«, antwortete Bertrand.

»Einen *guten* Grund, meine ich.«

Bertrand hat halblaut wiederholt: »Gérard aussetzen … Verdammt noch mal, du bist ja total durchgeknallt.«

Er grübelte vor sich hin, während er seinen Käse aufaß. Marlène stocherte in ihrem Teller rum und machte ein schiefes Gesicht. Bertrand sagte ein letztes Mal: »Ihn aussetzen … Ich fasse es nicht.«

Er wirkte schockiert. Da er aber grundsätzlich eher von der langsamen Sorte ist, wartete ich darauf, dass er aufwachte, dass sich etwas in ihm rührte. Ich glaube, ich hoffte endlich mal auf einen Zyklon.

Roswell aussetzen wie einen räudigen Köter?! Das würde ihn doch wohl aus seiner Gemütsruhe reißen, den guten Bertrand! Er würde sich echauffieren, er würde mit der Faust auf das Wachstischtuch hauen, seine Frau als arme Irre, als ausgefransten alten Strohbesen beschimpfen. Marlène würde endgültig ausrasten. Sie würde ihren roten Mund und ihre mit schwarzem Kajal umrandeten Augen weit aufreißen. Sie würde einen heiseren Schrei ausstoßen, ein Todesröcheln, und ein Patschhändchen aufs Herz pressen oder vielmehr auf eines ihrer 100-G-Körbchen, deren Größe ich kenne, weil ich ihre BHs oft auf der Leine hängen sehe.

Ja, Bertrand würde ordentlich auf den Tisch oder gegen die Wand hauen, und alles wäre anders.

Er würde reagieren.

Ich habe die Luft angehalten.

Da hat er gesagt: »Und wie stellst du dir das vor?«

Das war der Moment, in dem Roswells Schicksal entschieden wurde. An einem unschuldigen Tag im April, um 20 Uhr 23.

Und das alles wegen einer auf dem Herd vergessenen Pfanne und wegen der miesen Schufte, die sich ihre Hunde vom Hals schaffen. Wobei die natürlich das komplette Gegenteil von Marlène sind, denn sie selbst, sie könnte niemals ein Tier aussetzen.

Einen Schwachsinnigen vielleicht. Aber einen Hund niemals!

Marlène hatte sofort wieder Oberwasser. Sie hat ihre BH-Träger zurechtgezupft, sich die Locken im Nacken getätschelt und ihren Plan erklärt.

Wenn man ihr dabei richtig zuhörte, spürte man genau, dass diese Idee nicht erst von gestern war. Dass sie Zeit gehabt hatte, an ihrem Ast zu reifen, bevor sie auf das Wachstuch klatschte.

»Also, hör zu: Dein Bruder geht nie aus dem Haus, niemand weiß, dass er überhaupt hier ist, stimmt's?«

Bertrand hat genickt und schnell mit der Hand gewedelt, was so viel heißen sollte wie: Weiter, weiter, worauf willst du hinaus?

»Das heißt – fast niemand, meine ich«, fuhr Marlène fort, mit einer Frische in der Stimme, die an eine kühle Nachmittagsbrise am Meer erinnerte.

Das »fast«, das war ich.

»Aber sie hat ja nur einen Zeitvertrag, und da sie in der Fabrik gerade entlassen, besteht keine Gefahr, dass sie den verlängern. Durch die Krise können wir unbesorgt sein! Und wenn sie dann weg ist, vermieten wir nicht gleich wieder. Sondern wir nutzen das aus, um … Na, du weißt schon!«

Sie hat eine kleine Pause gemacht. Dann ging es weiter: »Und wenn ich mich nicht irre, weiß dein Bruder noch nicht mal, wie er mit Nachnamen heißt. Stimmt's, oder hab ich recht?«

»Hmfff«, hat Bertrand gemeint.

Marlène hat tief Luft geholt, den Rücken durchgedrückt, an ihrer Zigarette gezogen und den Rauch ganz langsam durch die Nase wieder ausgeblasen.

Es war wie in einem Psychothriller, gleich würde die Musik einsetzen, eine schrille, nervenaufreibende Melodie: *Dring! Driing! Driiing! Driiiing!*

Sie sagte: »Außerdem kapiert ja eh keiner was, wenn er redet! Deshalb wüsste ich nicht, wie er uns bei der Polizei anzeigen sollte, wenn wir ihn verlieren. Oder?«

Und sie kicherte vor sich hin.

In dem Moment bin ich die restlichen Stufen heruntergerannt und ins Wohnzimmer geplatzt. Ich habe getan, als wenn nichts wäre, und mich an den Tisch gesetzt. Marlène hat mir mechanisch den Topf rübergeschoben.

Ich habe meine Nudeln mit geriebenem Käse bestreut.

»Du hast aber ganz schön lange gebraucht«, hat sie gemeint und mich mit ihren vorstehenden blassblauen Augen angestarrt.

»Ich habe ihm eine Geschichte vorgelesen.«

»Eine Geschichte. Schau mal einer an. Jetzt soll man ihm auch noch Geschichten vorlesen, das fehlte noch!«

Marlène hat ihren Mann mit Verschwörermiene fixiert.

»Er ist mein Bruder«, hat Bertrand gesagt, als würde das irgendetwas ändern.

»Das ist kein Grund zum Angeben«, hat Marlène gemeint und einen schönen, kreisrunden Rauchkringel in die Luft geblasen.

Da hat es angefangen zu regnen, aber ohne jeden Zusammenhang.

Ich bin seit viereinhalb Monaten hier.

Die Anzeige habe ich im kostenlosen Lokalblättchen gefunden: *Ruhige Lage, helles Zimmer mit Bad, Toilette, Kochmöglichkeit, Garten.*

Ich habe angerufen. Marlène war sofort dran.

»Worum geht es?«, hat sie gefragt.

Als ich geantwortet habe, es sei wegen der Anzeige, wurde sie plötzlich zuckersüß und faselte irgendetwas von Ruhe, guter Luft und familiärer Atmosphäre.

Ich dachte mir gleich, dass da was faul war: Gute Luft in dieser Gegend? Wohl kaum – direkt hinter der Hühnerfarm und auf der ungünstigen Windseite!

Aber gut, bei der Miete.

Ich hatte Arbeit gefunden, das war die Hauptsache. Und zwar genau in dieser Hühnerfarm, erst mal für acht Monate, aber mit der Aussicht auf eine Festanstellung, an die ich zwar nicht glaubte, aber das war egal.

Man hatte mich dem Eierwenden und dem Schlüpfen zugeteilt. Ich hatte weder Ahnung von Federn noch von Schalen, aber mein Lebenslauf hatte bei der Einstellung keine Rolle gespielt. Wie für die meisten Jobs – jedenfalls für die, die ich so mache – braucht man da keine besonderen Vorkenntnisse, man muss sie einfach nur machen. Ich bin sorgfältig, befolge die Anweisungen und komme nicht zu spät. Das reicht.

Tag für Tag wende ich die Eier jeweils morgens und abends um eine Vierteldrehung und lasse sie dann eine Viertelstunde abkühlen. Nach zehn Tagen im Brüter halte ich sie gegen das

Licht und entsorge die, die nicht befruchtet sind. Nach einundzwanzig Tagen werden sie nicht mehr bewegt. Dann wartet man auf das Schlüpfen, und wenn das zu lange dauert, muss man den Küken aus der Schale helfen. Danach lege ich sie auf ein Gitter, und wenn sie ganz trocken sind, kommen sie unter die Wärmelampe, die ich regle, indem ich sie jeden Tag ein bisschen weiter von den gelben oder schwarzen kleinen Calimeros wegrücke, bis sie einen Monat alt sind.

Ich kümmere mich auch um die Einstreu. Das ist nicht schwierig. Es ist nur immer das Gleiche, es stinkt und ist nach einer Stunde nicht mehr besonders interessant. Da der Betrieb nicht sehr groß ist und sie zur Zeit mehr Leute entlassen als einstellen, kommt es vor, dass ich meinen Dienst in zwei Schichten mache, was mehr oder weniger auf Zwölfstundentage hinausläuft. Aber das bin ich gewohnt. Ich habe auch im Gastgewerbe gearbeitet, im Service und in der Küche, das ist so ziemlich das Beste, was es in Sachen moderne Sklaverei gibt. Keinerlei Privatleben, beschissene Arbeitszeiten, garantierte Fußschmerzen.

Als ich Marlène von meinem Zeitvertrag in der Geflügelfarm erzählt habe, hat sie verzückt und mit einem Hauch Besitzerstolz ausgerufen: »Na, das trifft sich ja wunderbar, mein Mann arbeitet auch da drüben! Er kümmert sich um das Entkrallen der Enten, das Schnabelkürzen bei den Hühnern, das Impfen und das Kapaunisieren. Seit dreiundzwanzig Jahren ist er dort. Deshalb haben wir hier das Haus gekauft, das ist sehr praktisch, so kann er mit dem Fahrrad zur Arbeit fahren. Vorher war er Kükensexer, ausschließlich. Das war gut bezahlt. Er hat es mit der Federmessmethode gemacht. Jetzt ist das vorbei, in dem Job gibt es nur noch Japaner, die machen das per Fingerdruck auf die Kloake. Das geht angeblich schneller. Mein Mann meint, es wäre unsicherer als vorher, die Methode hätte eine hohe Fehlerquote. Na ja, wie auch immer, die Zeiten ändern sich. Aber jetzt komm lieber mit und schau dir dein Zimmer an. Wirst sehen, es wird dir gefallen. Ich sage *du*, wenn es dich nicht stört, weil mit dem *Sie* und dem ganzen Schnickschnack haben wir es hier nicht so. Bei uns geht es unkompliziert zu, wirst schon sehen.«

Das Zimmer war oben, neben Roswells, der wohl gerade schlief, denn ich habe ihn nicht gesehen. Das Bad war in einen früheren Wandschrank eingebaut, mit einer Schiebetür. Ich würde problemlos beim Zähneputzen pinkeln können. Aber gut, es war annehmbar, hässlich und sauber, mit Blick auf die Hühnerfarm und das Autobahnkreuz.

Ich habe gesagt, ich würde drüber nachdenken, und noch am selben Abend angerufen und zugesagt.

Als ich am nächsten Abend zu ihnen kam, war Bertrand gerade beim Essen. Marlène hat mich vorgestellt: »Alex wohnt jetzt bei uns.« Er hat mir unbeholfen die Hand gedrückt, so fest, dass er mir fast die Finger zerquetschte.

Dann hat er sich geräuspert. »Hast du schon gegessen?«

»Ja, danke.«

»Aber du trinkst doch noch ein Gläschen Wein?«

»Lieber ein Bier, wenn's geht.«

Während ich mein Export trank, musterte er mich wortlos, mit einer leichten Verunsicherung im Blick. Marlène auch, das konnte ich sehen. Und ich ahnte, warum.

Mein Vorname sagt nichts über mich aus und mein Körper noch weniger. Ich bin lang und spindeldürr, eine richtige Bohnenstange, groß für ein Mädchen, kleiner Busen, die Haare im Nacken hochrasiert und darüber ein kurzer Igelschnitt. Ich trage enge Jeans und ein weites Kapuzensweatshirt. Ich habe Piercings in den Augenbrauen, ein hageres Gesicht und eine heisere Raucherstimme.

Ich sehe aus wie ein Junge. Es ist nicht so, dass ich gern einer wäre. Aber ich tue auch nichts, um das Gegenteil zu beweisen. Ich gehe gern nachts spazieren. Ich bin gern allein und gehe überallhin, wo es mir gefällt. Aber wenn man als Mädchen abends auf einsamen Straßen unterwegs ist, dann fahren die Autos plötzlich langsamer, ohne dass man sie darum gebeten hätte. Die Fensterscheiben gehen runter, und besoffene Stimmen grölen: »He! Mademoiselle! Haben Sie's noch weit? Sollen wir Sie ein Stückchen mitnehmen?«

Manchmal folgen einem Autos im Schritttempo, wie große treue Hunde, bis man um die nächste Ecke biegt oder so tut, als würde man in einem Hauseingang verschwinden, oder bis sie es satthaben und mit quietschenden Reifen davonbrausen.

Als ich jung war, habe ich ein paarmal Angst gehabt. Nur Angst, weiter nichts. Aber das hat mir gereicht. Deshalb verkleide ich mich jetzt. Ich ziehe mich an wie ein Kerl, frisiere mich so und habe mir einen lässigen Gang zugelegt. Das macht mich unsichtbar, ich bin keine Beute mehr, kein Freiwild. Nur ein Jugendlicher von hinten, der sich durch die Nacht bewegt.

Ein junger Mann. Weiter nichts.

Selbst bei Tageslicht kann ich die Welt um mich herum für eine Weile täuschen.

Vielleicht wegen meines Blicks. Ich lächle nicht, ich mache nicht auf Barbiepuppe. Wenn ich Gefühle habe, zeige ich sie nicht. Außer vor Roswell, weil der das nicht sieht.

Als ich klein war, sagte mein Vater immer, wenn ich weinen musste: »Du hast wirklich keine Eier in der Hose!«

Und meine Brüder haben sich kaputtgelacht.

Deswegen beäugten mich Bertrand und Marlène an unserem ersten Abend so unauffällig wie möglich, aber voller Zweifel.

Sie trauten sich nicht, mich zu fragen. Stattdessen strichen sie um den heißen Brei, in der Hoffnung, ich würde sie auf die richtige Spur bringen. Was war ich, wer war ich? Ein etwas tuntiger Typ, eine Lesbe oder was? Bertrand schien die Sache am wenigsten geheuer zu sein.

»Marlène hat gesagt, du arbeitest in der Fabrik?«

»Ja.«

»Bist du aus der Gegend?«, hat sie gleich weitergefragt.

»Nein.«

»Ist das alles, was du an Sachen dabeihast? Nur diesen Rucksack?«

»Ja.«

Das kam ihnen natürlich spanisch vor. Marlène hat ihr Verhör dann plötzlich in einem leicht besorgten Ton fortgesetzt, fast mütterlich: »Du bist doch nicht aus einem Heim abgehauen oder so was?«

»Nein.«

»Und du bist volljährig, oder? Wir wollen nämlich keinen Ärger.«

Ich habe seufzend meinen Personalausweis aus der Tasche gezogen. Sie hat ihn sich sofort gekrallt, ihn studiert und mich mit dem Foto verglichen, als wäre sie von der Polizei. Dann hat sie auf einmal die Augenbrauen hochgezogen, gelacht und gemeint: »Dein Alter sieht man dir wirklich nicht an.« Sie hat sich zu Bertrand umgedreht. »Hättest du gedacht, dass sie schon dreißig ist?«

Bertrand hat erleichtert gelächelt. Ich war volljährig und eine Frau. Zwei gute Nachrichten auf einen Schlag. Männer sind schlampig, sie lüften nie, verbreiten überall Turnschuhmief, werfen ihre dreckigen Unterhosen einfach auf den Boden und hinterlassen immer einen Saustall. Manchmal ist es so schlimm, dass man alles neu streichen muss, wenn sie wieder weg sind. Eine Frau, ja, das war gut.

»Ich sag dir was, das sieht man dir kein bisschen an«, hat Bertrand gemeint. »Und du hast die Landwirtschaftsschule abgeschlossen?«

»Mmh.«

Das musste genügen.

Kein Abschluss, egal.

Ich bin freilaufend aufgezogen worden.

Es war nie mein Traum, Hühnereier mit Formaldehyd zu begasen, um Bakterien abzutöten. Auch nicht, um fünf Uhr morgens aufzustehen und an der Landstraße entlang zur Arbeit zu gehen, inmitten von Abgasen und Nebelschwaden. Und auch nicht, mich hier einzumieten, bei Marlène und Bertrand am Arsch der Welt, mit Blick auf das Industriegebiet.

Kennen Sie irgendjemanden, dessen Traum das wäre? Sein Leben mit beiden Füßen in der Scheiße zu verbringen, im Höllengestank einer Hühnerfarm?

Ich glaube, in den Geburtskliniken liegen ausschließlich Prinzessinnen und Märchenprinzen in den kleinen Plastikbetten. Kein einziges Neugeborenes, das entmutigt, enttäuscht, traurig oder blasiert wäre. Kein einziges kommt auf die Welt und sagt sich: Später gehe ich mal für einen Hungerlohn in der Fabrik malochen. Ich werde ein Scheißleben haben, und das wird super-duper. Juhu.

Warum ich hier bin, jetzt, in diesem Moment, ist sogar mir selbst ein Rätsel.

Aber da ich an Schicksal glaube, sage ich mir, dass es irgendwo einen großen Plan geben muss, hoch über meinem Kopf. Dass es für das alles einen Grund gibt.

Die Welt ist nicht für Menschen wie Roswell gemacht. Sein Körper ist in sich zusammengefallen, er sieht aus, als würde er seiner Zeit als Fötus hinterhertrauern. Er ist mager, verkrümmt.

Als ich ihn zum ersten Mal gesehen habe, hat er mich sofort an diesen Außerirdischen aus der Roswell-Affäre erinnert, dessen fliegende Untertasse Ende der vierziger Jahre in den USA abgestürzt sein soll.

Ich hätte ihn E. T. nennen können, das würde auch hervorragend passen.

Aber Roswell ist cooler.

Roswell ist zweiunddreißig Jahre alt, und er lacht fast immer.

Er schläft auch ziemlich viel, dank Marlène. Bestimmt zehnmal am Tag fragt sie ihn: »Hast du nicht Durst, Trottel?« Oder: Dödel, Strohkopf, Dummerjan. Mondkalb oder Dusselchen an freundlicheren Tagen.

Roswell lacht sich jedes Mal schlapp, zeigt auf sein Glas, nickt und nuschelt: »Mjaaa, Durssst!«

Dann schenkt Marlène ihm ein, sich selbst auch. Nach einem oder zwei Gläschen schläft er tief und fest auf seinem Stuhl. Und Marlène legt CDs auf und weint ein bisschen.

Sie ist nämlich sensibel.

Es hat Zeiten des Glücks gegeben in ihrem Leben, Zeiten, denen sie nachtrauert. Sie war einmal Miss, mit zwanzig. Um nicht zu vergessen, wie schön sie war, hat sie ihr Foto gleich im Hauseingang an die Wand gehängt: Im Bikini steht sie auf dem Siegerpodest, mit Diadem und einer Schärpe mit der Aufschrift »Miss Weinlese 90«.

Man erkennt sie kaum, nicht nur weil sie damals rank und schlank war, sondern auch wegen ihres Gesichtsausdrucks: ein schönes, strahlendes Lächeln und leuchtende Augen voller Zukunft.

Daneben, in einem goldverzierten Rahmen, drei vergilbte Zeitungsausschnitte: aus dem *Regionalblatt*, dem *Provinzboten* und dem *Gemeinde-Echo*. »Ein guter Jahrgang für die Miss Weinlese!« – »90, Marlène Spitzenauslese« – »Marlène Dachignies, vollmundig, kräftig und samtweich!«

Marlène sagt, es wäre hart, in Vergessenheit zu geraten, wenn man dem Ruhm einmal so nahe war.

Auf die Kommode darunter hat sie eine Vase mit künstlichen Blumen gestellt. Es sieht aus wie ein kleiner Altar oder wie ein kleiner Friedhof. Nur die Kerzen fehlen.

Wenn sie von der Wahl erzählt, sagt sie, es wäre der schönste Tag ihres Lebens gewesen. Und wenn Bertrand ihr nicht Steine in den Weg gelegt hätte mit seiner Eifersucht, seinem Besitzanspruch, dann hätte sie weitergemacht.

Und sie hätte gewonnen, das ist sicher, denn sie hatte den Ehrgeiz, die Einstellung und den richtigen Körper.

Aber nein, er hat gesagt: »Entweder die Wettbewerbe oder ich.«

Sie war jung und hat geantwortet: »Du.«

»Dabei hätte ich es weit bringen können, das kannst du mir glauben! Ich hätte es bis in die Regionalauswahl geschafft, vielleicht sogar noch weiter. Aber nichts da, ich habe den Anschluss verpasst, die Karriere im Keim erstickt. Aus Liebe macht man die dümmsten Fehler, glaub mir!«

Wenn Marlène trinkt, zieht sie Bilanz.

Seit ich da bin, durfte ich mir ihr Leben schon mehrfach in voller Länge und Breite anhören. Ich weiß zwar genau, dass ich nur deshalb die Auserwählte bin, weil sonst niemand da ist, aber an manchen Abenden höre ich trotzdem zu. Und nach einer Weile sehe ich unter der dicken Make-up-Schicht und den platinblonden Strähnchen mit den mausbraunen Wurzeln nur noch ein altgewordenes Mädchen, das am Bahnsteig ankommt, als der letzte Zug gerade abgefahren ist. Sie ist ranzig wie ein altes Stück Speck. Für ihre vierzig Jahre sieht sie schon verdammt ramponiert und traurig aus.

Sie kann stundenlang vor sich hin reden, ohne müde zu werden, und im Schlamm rumwühlen, bis alles in ihrem Leben trüb und hässlich ist. Sie hat Ausdauer.

Manchmal unterbricht sie sich mitten im Satz, glotzt mich an wie ein toter Fisch und sagt: »Du bist auch eine Frau, du kannst mich verstehen, nicht wahr?«

Eines Tages hat sie mich gefragt: »Hast du Kinder?« Dann hat sie sofort mit den Achseln gezuckt und gemeint: »Ach, Quatsch, du bist ja noch viel zu jung, bin ich blöd!«

Nein, nein, ich könnte schon Kinder haben. Mehrere sogar. Sie vergisst nur immer, dass ich dreißig bin. Ich habe etwas Unfertiges, etwas Unreifes an mir.

Ich bin wie ein Entwurf meiner selbst.

Keine Kinder zu haben ist Marlènes großes Unglück. Ihr Drama, ihr Schmerz, der Stachel in ihrem Herzen.

»Ich habe alles versucht, alles! Medikamente, Kräuter, Diäten! Ich bin sogar zu einem Wunderheiler gegangen, stell dir vor. Einem Alten in der Stadt, der mit Fotos und Handauflegen arbeitet. Ich habe alle Untersuchungen gemacht, die es auf dieser Welt gibt. Die haben mich von oben bis unten durchgecheckt, das kannst du mir glauben. Und am Ende haben sie rausgefunden, dass es an Bertrand lag!«

Bei diesem Kapitel angekommen, seufzt sie in der Regel, tupft sich die Augen mit einem Stück Küchenpapier ab, möglichst ohne ihre Wimperntusche zu verschmieren, und fügt hinzu: »Den Schlag kann er nicht wegstecken. Das nagt an seinem Stolz. Kein Wunder: Ein Mann, der zehn Jahre lang Kükensexer war, produziert nur Windeier! Seitdem redet er fast gar nicht mehr, dabei war er vorher schon nicht gerade gesprächig. Und im Bett, na ja, du weißt schon … Von Frau zu Frau: Es ist so, als wäre ich unsichtbar geworden, als wäre rein gar nichts mehr an mir begehrenswert. Unglaublich, findest du nicht?«

Ich muss darauf nicht antworten. Ein Kopfschütteln, ein Nicken, das reicht. Marlène will nicht meine Meinung, sie will meine Ohren.

»Dabei hat uns der Günikiloge gesagt, dass es Möglichkeiten gibt! Und damals waren wir noch jung. Doch Bertrand wollte nichts davon wissen, er hat sich einfach geweigert. Aber ich, ich wäre zu allem bereit gewesen. Sogar eine künstliche Inzineration hätte ich mitgemacht.«

»Eine Insemination.«

»Da wäre ich auch nicht gegen gewesen.«

Sie echauffiert sich, bekommt rosige Wangen. »Ich hätte sogar adoptiert, verstehst du! Wenn der Kinderwunsch dich packt, dann könntest du in der nächsten Klinik eins stehlen gehen. Es gibt Frauen, die das machen, stimmt's? Das hört man immer wieder in den Nachrichten. Es sollen die Hormone sein: Diese Leere füllt dich vollkommen aus, du denkst an nichts anderes mehr. Aber Adoptieren, das ist so eine Sache … Pfff! Man weiß nie, wo die herkommen. Und wenn man uns ein schwachsinniges Gör angedreht hätte? Was hätten wir damit gemacht? Das wäre dann zu dem da noch hinzugekommen. Und mit dem bin ich bedient, das kannst du mir glauben!«

Es endet fast immer mit dem armen Roswell, der im Schlaf lächelnd vor sich hin sabbert.

Marlène schenkt sich ein letztes Gläschen ein, zum Trost, dann setzt sie sich im Wohnzimmer vor die Glotze, bis der Schlaf sie einholt und im Traum auf weitere Siegerpodeste hebt.

Ich räume dann den Tisch ab, spüle mein Geschirr und gehe ein bisschen an die Luft – oder zur Arbeit.

Roswell hat keinen Gesamtblick auf die Dinge, es fehlen ihm ein paar Schaltstellen.

Bertrand sagt, da könnte man nichts machen, bei seiner Geburt hätten sie wohl Mist gebaut. Ein Riesenkuddelmuddel. Und weil sie es verpfuscht haben, ist er jetzt verkorkst. Das war's.

Er tickt nicht wie wir oder wie sonst irgendetwas.

Ich weiß nicht, was er versteht, nicht einmal, was er tatsächlich sieht. Es heißt, Katzen können kein Rot erkennen und Hunde sehen sechsmal schlechter als wir. Aber Roswell? Er lebt in einer anderen Welt, einer Parallelwelt. Ich weiß, dass er gern fernsieht und gern isst. Das vor allem. Auch wenn er nicht einmal Couscous von Cassoulet unterscheiden kann.

Das ist eins von Marlènes Lieblingsspielchen.

»Willst du den Bürzel, Dusselchen?«

»Au-mja!«

»Haha! Du willst den Bürzel? Aber das ist Kaninchen, du Rindvieh!«

Bertrand seufzt: »Das ist nicht witzig, Lénou. Lass das, hast du mich verstanden?«

»Jetzt darf man schon nicht mal mehr lachen! Hm, mein Dusselchen?«

Und Roswell wiederholt: »IsssTaniinchen! IsssTaniinchen!«, und lacht sich dabei kaputt. Und Marlène freut sich.

Sie streichelt Tobby und meint, zum Glück gibt es hier auch welche, die Humor haben!

In Roswells Augen steht blinder, grenzenloser Gehorsam. Wie bei einem kleinen Kind, einem Tier … oder nein, wie bei einem geprügelten Hund.

So viel Liebe, das macht mich fertig: Ich fühle mich verpflichtet, mich um ihn zu kümmern. Das sieht mir überhaupt nicht ähnlich. Mein Herz ist kein Tierheim.

Aber um nichts auf der Welt könnte ich ihn abends ohne ein letztes Küsschen auf seine Wangen einschlafen lassen. Ohne sein »Dubisssnett-nich?« und sein »Okeh-Scheff!«.

Ich habe noch nie in einer Fabrik gearbeitet. Es ist weniger hart, als ich dachte. Aber umso deprimierender.

Die Frauen haben glanzloses Haar, Ringe unter den Augen und sind blass. Sie reden über Gott und die Welt, aber vor allem über ihre Kinder.

Ich höre ihnen zu, wie sie die Litanei der Erkältungen, der Impfungen, der ersten Wörter, der ersten Schritte rauf- und runterleiern. Wie sie dem nachtrauern, was sie alles verpassen, was sie nicht sehen, aber am Abend von der Tagesmutter erzählt bekommen oder von der Lehrerin nach der Schule.

Darüber reden sie. Und über Geld.

Nicht über das, was sie verdienen, sondern über das, was ihnen an jedem Monatsende fehlt. Nur dass das Monatsende schon am fünfzehnten anfängt. Manchmal sogar noch früher.

Die Arbeit am Fließband lässt die Sorgen vorbeiziehen. Die Hände sind beschäftigt, der Kopf ist frei. Man hat Zeit, alle Probleme endlos hin und her zu wälzen. Selbst in den Pausen haben sie Mühe, ihre trüben Gedanken zu vergessen, die nächsten Entlassungen sind schon absehbar, ihr Kerl ist vielleicht arbeitslos, die Demos auf der Straße, und nichts ändert sich.

Nichts.

Das Einzige, was ihnen neben den Kindern noch ein Lächeln aufs Gesicht zaubert, sind die Romanzen. Das Herzklopfen, die Geschichten, die sie sich zusammenphantasieren und die ihnen helfen, die Woche zu überstehen, den Monat, das Jahr, das ganze Leben. Sie erzählen einander die Anfänge und die Enden. Die Illusionen, die falschen Freuden und die echten Leiden. Aber auch die schönen Dinge, langjährige Ehen, ersehnte Kinder, das Glück, wenn es vorbeischaut.

Die Männer versuchen ein bisschen zu flirten in den Pausen, wenn sie unter dem Vordach eine Zigarette rauchen. Und auch in der Kantine. Sie sind unbeholfen, nicht sehr subtil oder einfallsreich. Es sind Männer. Manche sind niedlich, andere hässlich. Die meisten irgendetwas dazwischen.

Neue Lovestorys entstehen, andere vergehen. Es gibt zärtliche Blicke, solche, die einen glatt ausziehen, und andere, die von Eifersucht vergiftet sind.

Da ist Vanessa mit ihrem fingerdick aufgetragenen Make-up, ihren Lackpumps, die sie während der Schicht in ihrem Fach abstellt, und ihren abgekauten Nägeln. Vanessa, die jeden Abend auf ihren Verlobten wartet, aber an manchen Tagen zu Fuß nach Hause geht, den steinigen Seitenstreifen der Landstraße entlangstöckelnd, weil er sie vergessen oder zu viel getrunken hat oder weil er sauer ist.

Und Jocelyne, die sich immer früher umzieht als wir, um die Spuren auf ihrer Haut zu verstecken. Die denkt, wir würden nichts sehen, und mit solchem Stolz von ihrem Kerl und ihrer großen Liebe spricht, dass wir nichts sagen, weil wir wissen, dass genau das sie aufrechterhält: zu denken, sie könnte uns etwas vormachen.

Da ist Pedro, der den Frauen immer auf die Brüste schaut.

Mistlav, der kaum wagt, uns ins Gesicht zu sehen, und rot wird, sobald man ihn anspricht.

Der alte Darnel, der alle Mädchen angrapscht, ihre Hintern betatscht wie einen Camembert und lacht wie ein vertrottelter Greis, wenn man ihn als Lustmolch oder alten Widerling beschimpft.

Dann gibt es die, die jeden Samstagabend in die Disco gehen und nie allein nach Hause kommen. Aber immer nur für eine Nacht. Und am Montag um fünf Uhr morgens zur Frühschicht erzählen sie in der Umkleide ihren Fortsetzungsroman. Sie lachen über alles, dichten hemmungslos Sachen dazu, sie sind deftig und direkt. Sie beschreiben das Geschlecht der Männer und was sie mit ihm anstellen.

Sie schildern alles haarklein, bis in die letzten Einzelheiten. Manchmal spielen sie es auch nach.

Einige von den Frauen sind schockiert oder tun zumindest so. Die Älteren lachen. Die guten alten Zeiten …

Oft höre ich ihnen zu, manchmal ziehe ich mich auch zurück.

Ich habe ihnen nichts zu erzählen.

Ich glaube, Roswell ist der Einzige von seiner Art. Ganz allein und durch eine unsichtbare Wand von uns getrennt. Ein Goldfisch im Glas. Er sieht uns, wir sehen ihn, aber deshalb leben wir noch lange nicht zusammen.

Was er auch tut, er ist weit weg.

Selbst angezogen wird er nicht mehr als fünfunddreißig Kilo wiegen, mit seinen Jeans, die um die O-Beine schlottern, seinem viel zu großen braunen Pulli und den ausgelatschten Pantoffeln. Es braucht nicht mehr als einen Zeigefinger, um ihn umzuschubsen, wenn überhaupt: Einmal kräftig pusten würde schon reichen.

Er kann nicht aufrecht stehen, er versucht nur, das Gleichgewicht zu halten. Jeder Schritt dient dazu, den vorherigen aufzufangen, er befindet sich immer kurz vor dem Sturz, aber er fällt nicht. Das grenzt an ein Wunder. Er läuft, er kommt, er geht, er hält sich an Wänden, an Sessellehnen, an Türklinken fest. Er macht sich Popcorn. Er bewegt sich vorwärts wie diese alten Aufziehspielzeuge, die man auf dem Flohmarkt findet. Es ruckelt und schlackert an allen Gelenken, als würde er nur durch die Sehnen zusammengehalten, wie eine Marionette an ihren Strippen.

Er sieht aus, als wäre er aus lauter Einzelteilen zusammengeschustert.

Und trotzdem ist er da. Und er weiß eine ganze Menge.

Das habe ich erst neulich Abend zufällig entdeckt.

Als er schon im Bett war, kurz bevor ich die Tür zugemacht habe, hat er gesagt: »Wechntach hammwir …«

»Was?«

Reden ist nicht so sein Ding, deshalb habe ich gedacht: Wenn er mir was sagen will, ist es sicher wichtig. Ich bin zurück an sein Bett und habe mich zu ihm gesetzt. »Was meinst du?«

Wenn er redet, muss man sich anstrengen, um ihn zu verstehen, wegen seines verformten Gaumens. Aber mit der Zeit und wenn man gut hinhört, kriegt man genug mit, um sich aus den paar Wörtern, die man aus dem Brei rausfiltert, einen Satz zusammenzureimen.

»Wechntach hammwir …«

»Du willst wissen, welchen Tag wir heute haben?« Ich fragte mich, ob das für ihn einen Unterschied machte. »Äh … wir haben Dienstag.«

Er hat auf seine komische Art den Kopf geschüttelt.

Wenn er nein sagen will, wirft er den Kopf schräg nach oben, wie Katzen, wenn sie einen begrüßen wollen und von unten mit dem Kopf anstupsen.

Er hat gelacht und noch einmal wiederholt: »Wechntach hammwir …« Und dann hat er weitergeredet, ohne mich aus den Augen zu lassen: »Wir hamm jehn Tach, menne Freun'in, wir hamm's gansse Leh'm, menne Liiebe …«

Und da ich ihn verständnislos ansah, hat er mir sein scheußliches sabberndes Lächeln gezeigt. »Dass'n Gedichht!«

»Ein Gedicht? Du kennst Gedichte?!«

»Mja.« Er sah zufrieden aus.

Ich bin leicht verdattert aus dem Zimmer gegangen.

Ein Gedicht.

Ich bin zu Bertrand und Marlène runter und habe sie gefragt, ob sie davon wüssten.

»Gedichte?!«, hat Marlène gemeint und gelacht. »Na, da hat er ja viel von! Seine Mutter hätte ihm besser beibringen sollen, weniger dämlich zu sein und sich nicht in die Windeln zu machen!«

Bertrand hat mit den Achseln gezuckt. Er hat mich nur wortlos angeschaut, mit einem Gesicht, als würde er schon im Grab sitzen und nur darauf warten, dass man es endlich zuschaufelt.

Dann hat er schließlich in seinem trüben Bertrand-Ton gemeint: »Meine Mutter wird ihm damit die Zeit vertrieben haben. Irgendwie musste sie ihn ja beschäftigen. Und sie hatte einen Fimmel mit Gedichten, Liedern und Abzählreimen. Pfff, über mich hat sie die auch kübelweise ausgeschüttet. Aber ich sag dir was: Gérard versteht kein Wort von dem, was er da redet. Er ist wie ein Papagei, weißt du? Er plappert nach, das ist alles.«

»Klar, er ist eben ein Dödel!«, hat Marlène gemeint. »Ein *Dödel*, verstehst du? Er kapiert nichts und wieder nichts, er ist nicht wie wir.«

»So viel steht fest«, habe ich erwidert.

Am nächsten Tag habe ich zu Roswell gesagt, dass es hübsch war, sein Gedicht von gestern Abend.

Er hat gemeint: »Mja, sssehr hüsch!«

Und er hat sich schlappgelacht.

Seitdem bitte ich ihn ab und zu um ein Gedicht. Oft will er nicht, wirft den Kopf schräg nach oben, stößt mit der Stirn ins Leere: Für niemanden zu sprechen.

Aber falls er bei Laune ist, sagt er mir eins auf, wenn Marlène beim Einkaufen ist und wir allein sind, oder vor dem Einschlafen. Ich höre dann zu und versuche zu verstehen.

Als ich klein war, waren Gedichte das Einzige, was ich in der Schule mochte. Gedichte und Musik. Lauter unwichtige Dinge, die im Leben nichts bringen.

Ich weiß nicht, von wem diese Texte sind, und es ist mir auch schnurz.

Welchen Tag haben wir
Wir haben jeden Tag
Meine Freundin
Wir haben das ganze Leben
Meine Liebe
Wir lieben uns und wir leben
Wir leben und wir lieben uns

Und wir wissen nicht, was das Leben ist
Und wir wissen nicht, was der Tag ist
Und wir wissen nicht, was die Liebe ist

»Unnwir wisssennich wasssie Liiewe isss …«

Roswell artikuliert so gut, wie er kann, er gibt sich Mühe, das sehe ich. Aber er nuschelt trotzdem furchtbar. Er konzentriert sich, zischt und spuckt, zerhackt die Wörter, aber ich bin mir sicher, dass er genau versteht, was er sagt, selbst wenn auch er nicht genau weiß, was das Leben ist oder der Tag.

Oder die Liebe.

Wenn man Roswell zum ersten Mal sieht, ist er tatsächlich zum Fürchten.

Seine großen, gelb verfärbten Zähne, die kreuz und quer in seinem Mund stehen, und sein völlig missratener Körper verursachen zunächst eine Art Schock. Man hat das Gefühl, dass da ein großer Fehler passiert ist, eine Panne der Natur. Man möchte ihn auseinandernehmen, die Einzelteile schön ausbreiten, zurechtbiegen und dann ordnungsgemäß wieder zusammenbauen. Man fühlt sich unwohl, wenn man ihn so anschaut, man kommt sich eine Nummer zu normal vor. Jedenfalls war das meine Reaktion, als ich ihn entdeckt habe, wie er zusammengesackt auf dem Sofa saß, mit dem glänzenden kleinen Spuckefaden, der ihm aus dem Mund lief, seiner unglaublichen Hässlichkeit, seinem Monsterlächeln und seinen riesigen Babyaugen.

An dem Abend hat Bertrand zugeschaut, wie ich Roswell beobachtet habe. Ohne irgendeinen Kommentar. Dann hat er gemeint: »Das ist mein Bruder. Gérard.«

Und ich habe gedacht, dass Roswell viel besser zu ihm passt. Obwohl er da ist, weiß man nicht, ob es ihn tatsächlich gibt. Man kann es nicht glauben, muss immer wieder hinschauen. Aber der Zweifel bleibt.

Ich kann nicht sagen, ob Bertrand seinen Bruder wirklich liebt.

Ich glaube, er meint ihn lieben zu *müssen*.

Richtung Kanal

In letzter Zeit verbringe ich meine Tage unter der Brücke und werfe Steine ins Wasser, um Forellen zu erwischen. Ohne Erfolg.

Der Zackenbarsch leistet mir Gesellschaft.

Das ist fast sein echter Name, Zackenbarsch. Olivier Zackenbart, so heißt er. Aber wenn man seine Glupschaugen und seine dicken rosafarbenen Lippen sieht, wobei die untere leicht schmollend hervorsteht, fragt man sich, ob Namen nicht doch eine gewisse Auswirkung auf das Äußere haben.

Er setzt sich zwei Meter neben mir auf die Böschung, den fetten Bauch bequem auf die Knie gestützt, die Schirmmütze fest auf dem Kopf und sein Sixpack Kronenbourg griffbereit. Ich höre nur das *Zisch*, wenn er eine neue Dose aufmacht, dann dieses Gurgeln, wenn er den Inhalt in sich hineinkippt. Wie ein Küchenabfluss. Und zum Schluss sein Zungenschnalzen und das kleine *Ahhh!* Und sofort danach das *Platsch* der Dose, wenn er sie mitten in den Kanal schmeißt.

Es ist einfach eines Morgens über mich gekommen, ohne vernünftigen Grund. Ich bin aufgestanden und hätte kotzen können, und ich wusste, das Beste wäre, sich wieder ins Bett zu hauen. Seitdem bin ich so drauf, außer wenn ich Pläne schmiede, um mein Schicksal zu ändern. Aber sogar das habe ich inzwischen satt. Am erträglichsten ist es, wenn ich meinen Kopf in einen nebelartigen Zustand versetze und einfach aufhöre zu grübeln. Dann sage ich gar nichts mehr. So bin ich, ich behalte meine Freuden und meine Leiden für mich wie ein mieser Egoist.

Und ich habe lieber mit Leuten zu tun, die das genauso machen. Schwätzer kann ich nicht leiden.

Deshalb habe ich solchen Respekt vor dem Zackenbarsch: Wenn du still bist, versucht er nicht, dir deine ganze Lebensgeschichte aus der Nase zu ziehen, um rauszufinden, wieso und warum. Er macht nicht einen auf Seelenklempner.

Wenn ich vor mich hin seufze, sagt er nicht gleich: »Hey, Cédric? Geht's dir nicht gut? Willst du drüber reden?«

Und wenn ich anfangen würde zu heulen – nur mal angenommen –, würde er kein Wort darüber verlieren und mir höchstens sein Taschentuch hinhalten, aber ich würde einen Teufel tun, es zu nehmen.

An meinem Kummer will ich gern verrecken, aber sicher nicht an einer dämlichen Bazille.

In dem Moment schaute ich also zu, wie das Wasser vorbeifloss. Sonst nichts. Der Zackenbarsch murmelte neben mir vor sich hin. Er rechnete weiter aus, wie viele Dosen er noch bräuchte, bis seine Kronenbourg-Insel eines Tages aus dem Wasser aufragen würde.

Ich habe ihn seinen Träumen überlassen. Träumen kostet nichts und tut niemandem weh.

Gegen sechs Uhr hat er schließlich geseufzt: »Es ist ein bisschen öde hier, oder?«

Das war keine richtige Frage, auch keine an mich persönlich gerichtete Bemerkung, nur eine allgemeine Feststellung. Ich musste darauf weder antworten noch rumphilosophieren.

Aus Höflichkeit habe ich gesagt: »Ist schon so.«

Er ist aufgestanden, mit knackenden Knien, und hat dem Karton, in dem er seine Dosen hergeschafft hatte, einen Tritt versetzt. *Platsch*. Wieder ein bisschen mehr Müll im Kanal.

Er hat gesagt: »Dann will ich mal einen heben gehen!«

Die Biere zählen nicht, die sind Arbeit, kein Vergnügen.

Und auch schon vor dem Staudammprojekt pflegte er immer zu sagen: »Bier, das ist kein Sprit.«

Sprit ist für ihn nur, was mindestens zwölf Prozent hat. Alles andere dient der reinen Flüssigkeitszufuhr.

Der Zackenbarsch ist gewissenhaft, er befolgt brav den Rat, der bei jeder Hitzewelle alten Leuten gegeben wird: Mindestens zwei Liter am Tag. Was gut ist für die Senioren, ist auch gut für ihn. Er hat recht: Wir sind alle zukünftige Alte, das sollte man nicht vergessen. Wobei, wenn man schon so rechnet, sind wir auch alle zukünftige Tote. Also was soll's.

Da er immer noch vor mir stand und nicht aufhörte, mich anzustarren, habe ich kapiert, dass er erwartete, ich würde mitkommen. Ich habe mich nicht gerührt, sondern nur »Tschüss!«gesagt, ohne eine Miene zu verziehen.

»Bleibst du da?«

»Ja, noch keine Lust heimzugehen.«

»...«

»Aber du kannst ruhig gehen!«

»Sicher?«

»Sicher.«

Er tänzelte auf der Stelle wie ein Bär, von einer Tatze auf die andere. Ich hörte, wie es in seinem Kopf rumorte: Lasse ich ihn allein, oder lasse ich ihn nicht allein?

Ich habe laut verkündet: »Verdammt, alles in Ordnung! Mir passiert schon nichts! Spiel nicht das Kindermädchen!«

Der Zackenbarsch hat noch eine Minute lang gezögert.

Aber da es lebenswichtige Dinge gibt, hat der Durst gewonnen, und er hat tschüss gesagt.

Ich habe ihm nachgeschaut, wie er auf dem Treidelweg davonging. Er zog sich alle paar Meter die Hose hoch. Egal, welche Jeansmarke er trägt, der Hosenboden rutscht ihm immer bis in die Kniekehlen, und sobald er sich hinhockt, sieht man seine Poritze. Und seit er an seinem großen Kanalprojekt arbeitet, hat er sicher noch mal fünf Kilo zugelegt, die sich an den ursprünglichen Rettungsring angelagert haben. Er hat jetzt die Figur einer Birne.

Wenn man ihm mit Diät kommt und dass er mit dem Saufen aufhören sollte, seufzt er: »Nervt mich nicht wegen dem Bier! Das ist nur Gerste und Hopfen, das bisschen Getreide tut niemandem weh! Das Leben ist eh kurz. Scheiß drauf! Sterben müssen wir alle.«

Als er dann weg war, habe ich mich allein gefühlt.

Komisch: Der Zackenbarsch sagt nie mehr als drei Sätze pro Stunde, aber sobald er weg ist, wird alles still. Das soll einer verstehen.

Ich saß noch eine Weile da und ließ meine Gedanken schweifen, als ich auf der anderen Kanalseite jemanden aufkreuzen sah. Es war ein Jugendlicher, nicht sehr groß, rappeldürr, die Nase im Kragen vergraben, Kapuze über den Kopf gezogen, mit einem komischen Gang, leicht vorgebeugt, etwas steif und eilig, die Schultern hochgezogen, die Hände tief in den Taschen, als wären die Bullen hinter ihm her. Er läuft hier ab und zu rum, aber nie um die gleiche Uhrzeit. An manchen Tagen dreht er um, bevor er an unserem Baum vorbeikommt, am Ufer gegenüber, und geht den gleichen Weg wieder zurück. Oder er läuft weiter bis zu der kleinen Schleuse. Und manchmal überquert er den Kanal. Wahrscheinlich geht er dann weiter in die Stadt. Wir wissen es nicht, weil wir ihn aus den Augen verlieren, sobald er am Trafohäuschen vorbei ist. Wo kommt er her, wo geht er hin? Dem Zackenbarsch ist das Jacke wie Hose. Aber ich frage mich, was der Typ da treibt. Er muss drauf sein wie wir, wenn er so rumläuft, ohne festes Ziel, im Stechschritt, auf dem Treidelweg, weil es nicht drauf ankommt, ob da oder anderswo …

Manchmal wirft er einen Blick zu uns rüber, wenn er glaubt, dass wir ihn nicht bemerkt haben. Dann guckt er schnell wieder weg. Als hätte er Angst vor uns.

Jedes Mal, wenn der Zackenbarsch ihn vorbeikommen sieht, bellt er ihm nach, »Wau! Wau!«, mit seiner dröhnenden Stimme. Einfach so. Zum Spaß. Oder er wirft eine leere Dose nach ihm und ruft: »Hol's Bällchen!«

Aber der Kanal ist so breit, da besteht keine Gefahr, dass er ihn trifft.

Er muss uns für Spinner halten, was nicht ganz falsch ist.

Ich habe ihm nachgeschaut, aber es gab nichts weiter zu sehen.

Wie kann man wissen, wie viel Zeit einem noch bleibt? Als mein Kumpel Manu gegen eine Platane gerast ist, eines späten Samstagabends oder vielmehr Sonntagmorgens, mussten wir wohl oder übel einsehen, dass es jederzeit so enden kann, man kommt ohne Vorwarnung ins Schleudern und verliert die Kontrolle.

Der Zackenbarsch hat gemeint: Das war ein Schlag mit dem Damoklesschwert. Klare Ansage. Trinken oder fahren, da muss man sich entscheiden.

Er hat sich entschieden. Er fährt nicht mehr – Schluss, aus. Das kann allerdings auch damit zusammenhängen, dass er kein Auto hat. Sein letzter Wagen hat mit 250 000 Kilometern den Geist aufgegeben, was für einen Fiat Uno nicht schlecht ist. Am Ende konnte man die arme Schrottkiste nur noch symptomatisch behandeln. Aber der Zackenbarsch fühlte sich am Steuer sowieso eingeengt.

Oder vielmehr *durch* das Steuer, angesichts seines Gesamtumfangs.

Manus Unfall hat die ganze Clique umgehauen. Wir waren danach irgendwie verloren und trieben eine Weile wie losgelassene Luftballons durch die Gegend. Mit einem schwer zu verdauenden Gefühl, so als würden wir in Säure baden. Der Tod ist etwas Unerträgliches, wenn er einfach bei Rot durchrast und einen Kumpel umnietet, den man seit dem Kindergarten kennt. Einen netten Kerl dazu, kürzlich erst neunzehn geworden, der gerade eine feste Freundin und seinen ersten

Job gefunden hatte und sich endlich nicht mehr wegen jedem Kleinkram mit seinen Eltern rumstritt.

Wir fragten uns alle: Warum er und nicht wir? Wer hat bei dieser Lotterie das Los gezogen?

Jeder hat auf seine Art reagiert. Es war nicht nötig, darüber zu reden, zwischen uns allen war klar: Nichts wäre jemals wieder so wie früher. Er war tot, und wir hatten den Schmerz.

Vielleicht geht es ja allen gleich im Leben. Vielleicht hat jeder irgendwo in einer Ecke so einen kleinen Strauß versteckt, wie man sie an Straßenränder legt. Eins von diesen spießigen, verstaubten Plastikblumengestecken in trüben Farben, die den Geruch der Lastwagen annehmen und den Leuten sagen wollen: »Fahrt langsamer, verdammt, macht keinen Blödsinn, der Tod ist für immer. Das sind nicht nur ein paar Punkte auf dem Verkehrssünderkonto, da gibt's keinen Idiotentest, um zurück ins Leben zu kommen.«

Und wenn ich zurückblicke, wenn ich an diesen Tag denke, weiß ich genau, das war für mich der Wendepunkt. An dem Morgen, als ich erfahren habe, dass Manu tot war, habe ich angefangen, diesen Notstand zu empfinden, diese Leere, dieses große Nichts, von dem ich nicht wusste, wie ich es füllen sollte und womit. Leben! Leben, verdammt! Ich hatte nur dieses eine Wort dafür.

Nichts als ein Wort ohne jede Erklärung, ohne irgendetwas, das mir sagte, wohin ich gehen sollte, was ich tun konnte. Wie ein dickes Buch ohne Inhaltsverzeichnis. Und gleichzeitig, weil ich nicht wusste, wie ich es anstellen sollte, wirklich zu leben, habe ich Angstzustände bekommen, echte, solche, die dich in ein Wrack verwandeln, die dich innerlich nach deiner Mutter heulen und glauben lassen, dass du verrückt wirst oder stirbst.

Ich habe den Höllenabsturz erlebt, mit dem Gefühl, in Einzelteilen dazuliegen, wie ein Bausatz ohne Gebrauchsanweisung.

Ich habe gesoffen, bis ich mich am liebsten selbst ausgekotzt hätte, gevögelt, bis alle Lust dahin war. Heute weiß ich, was mit mir los war: Ich hatte zu viel Leere in mir und zu wenig Leben.

Ich sehnte mich so sehr nach einer Leidenschaft, nach einer starken, heftigen Sache, die einen vorwärtstreibt. Einem Ziel. Ja, einem Schicksal! Wennschon, dennschon.

So sein wie die Leute, die man im Fernsehen sieht, in diesen Holt-die-Taschentücher-raus-Sendungen, wo sie dafür bezahlt werden, dass sie erzählen, wie sie im Elend versunken sind, bis sich plötzlich ihr ganzes Leben verwandelt hat und mit einem Schlag alles Friede, Freude, Eierkuchen war.

Ich erinnere mich an einen Typen, der lange für eine Bank oder eine Versicherung gearbeitet hat, ich weiß nicht mehr genau. Als Beweis wurden alte Fotos von ihm als Lackaffen gezeigt. Und dann ist ihm plötzlich eine Sicherung durchgebrannt: Er hat seine Maisonette-Wohnung mit Blick auf die Seine aufgegeben und ist ausgestiegen, in die tiefste Ardèche, um Ziegen zu züchten, Brunnenwasser zu trinken und bei Kerzenlicht zu leben. Er heizte mit Holz und sah glücklich aus.

Ich kann nicht behaupten, dass ich dasselbe machen würde – irgendwelche Viecher zu züchten wäre mein Horror, das sollte nur ein Beispiel sein. Nur leider findet sich eine Leidenschaft nicht per Kleinanzeige. Die hat man im Blut, die spürt man schon als Kind.

Also suche ich.

Meine Kumpels sagen, das wäre der Grund, warum ich vor die Hunde gehe. Ich sollte lieber in den Tag hineinleben und einfach warten, bis die Idee vor der Tür steht. Eines Tages würde ich meinen Weg finden, das wäre sicher.

Aber die haben gut reden, sie haben alle etwas, das sie aufrecht hält.

Meine Exfreundin Lola spielt Klavier.

Mein Bruder macht Skulpturen aus Ytong.

Stef joggt, fährt Rollerskates und macht Judo.

Der Zackenbarsch ist Bierdosenarchitekt.

Und ich, ich habe nichts.

Ich bin achtundzwanzig und habe einen Scheiß.

Ich hasse Sport, ich kann nicht zeichnen. Ich habe versucht, Klavier zu spielen, aber da ist nichts zu machen. Der einzige Sinn, den ich in meinem Leben finde, ist Stumpfsinn. Ich gehe immer weiter, aber nichts ändert sich.

Wenn ich eines Tages meinen Weg finde, wird es mit Sicherheit eine Sackgasse sein.

Vom Kanal bis zu mir nach Hause sind es gut zwanzig Minuten zu Fuß.

Schon dreimal ist mir das Moped geklaut worden, und ich habe keinen Cent, um mir wieder eins zu kaufen. Meine Eltern, diese Geier, waren nie bereit, mir was zu pumpen. Sie tun nicht mal so, als hätten sie Mitleid mit mir.

»Du brauchst dir bloß einen Job zu suchen«, sagt mein Vater.

»Das tut dir gut! Wenn du zu Fuß gehst, bist du wenigstens an der frischen Luft«, meint meine Mutter.

Frische Luft, von wegen!

So sieht er aus, mein Trimm-dich-Pfad: Erst geht's an den Silotürmen entlang, und dann kommt lange nichts mehr, abgesehen von halb umgefallenen Zäunen, eingestürzten Ziegelsteinmauern und den Schutthaufen der früheren Fabrik, auf denen im Frühling Gänseblümchen blühen, so lange liegen die schon da.

Ein Stück weiter kommen dann die neuen Siedlungen. Plumpe Kästen, alle gleich – abgesehen vom Anstrich der Fensterläden und der Farbe der Wäscheleinen –, hingesetzt wie Kuhfladen auf winzige Grundstücke, mit Blick auf die Gebäude der Hühnerfarm, die Bahnlinie, die Zuckerrübenfelder, die Landstraße und die Lagerhallen *Mériaux & Söhne – Achtung, Lkw-Ausfahrt*.

Manchmal denke ich an die Kinder, die nichts anderes haben, um Wurzeln zu schlagen. Ich frage mich, was sie sich in dieser Trümmerlandschaft wohl für Spiele ausdenken. Und ihre Eltern, was haben die sich gedacht, als sie hier bauen ließen? War eben günstig, das ist ihre Entschuldigung. Aber wenn man dann zwölf Monate im Jahr in einer schäbigen Bude in einer abgewrackten Umgebung lebt, ist die Sparsamkeit verdammt teuer bezahlt.

Kurz vor den neuen Siedlungen liegt ein Gewerbegebiet mit dem Namen »Das Reich der Könige« – je beschissener die Sache, desto schöner muss sie heißen –, ein Laden am anderen, ganz aus Beton, Rigips und verglasten Wänden: McDonald's, Real, Ikea, Metro und all die anderen.

Unsere kleine Welt. Unser Pausenhof. Unser einziges Ausflugsziel mit der Clique, vor allem im Winter, wenn es draußen schifft und drinnen Zoff gibt, wenn man sein Leben dafür geben würde, sofort zu krepieren, statt sich zu Tode zu langweilen.

Wie oft haben wir unsere Tage damit zugebracht, da rumzuhängen, unter der Sonne der Spotlights, in der fröhlichen Welt der Shoppingmeile, mit den ewig gleichen Kumpels und den ewig gleichen Fragen: »Gehen wir ins Kino? Was trinken? Eine Runde kegeln?«

Und samstagabends: »Gehen wir ins Moulin Bleu, ins Sun oder ins Péniche?«

Am Sonntag fielen wir dann um fünf Uhr morgens ins Bett, uns war schlecht von zu viel Bier, unsere Lungen waren zugeteert von zu vielen Zigaretten, und wir hatten das dumpfe Gefühl, völlig umsonst abgehangen zu haben. Aber egal, es war vorbei, morgen würde alles besser werden, spätestens nächste Woche, das war sicher.

Zwischen den Wochenenden dümpelten wir in der Schule dahin, mit Lehrern, die ins Leere redeten, die uns wegen jeder Kleinigkeit anbrüllten – angeblich bauten wir nichts als Mist – oder denen alles scheißegal war. Das waren die schlimmsten.

Das Härteste war nicht, so zu tun, als würden wir uns ihren Mist anhören, sondern sechs oder acht Stunden am Stück auf unserem Stuhl zu sitzen. Krämpfe in den Füßen, Kribbeln in den Beinen und Lust, dem Erstbesten in den Hintern zu treten.

Heute ist das alles weit weg. Wenn ich jetzt die Jugendlichen sehe, die aus der Schule kommen, finde ich sie schlecht angezogen, pickelig, unfertig, und dabei hielt ich mich selbst in ihrem Alter für wahnsinnig erwachsen.

Ich fange an, mich alt zu fühlen.

Der Zackenbarsch meint, das wäre normal, weil wir auf die dreißig zugehen, aber letztlich könnte es uns scheißegal sein, weil das Leben im Endeffekt selten prestigeträchtig ist.

Das ist ein Wort, das ihm gefällt. Er hat zwei oder drei von der Sorte, *prestigeträchtig*, *paradox*, *abusiv*. Ich frage mich, ob er überhaupt weiß, was sie bedeuten, aber da ich mir selbst nicht sicher bin, sage ich lieber nichts.

Wenn ich vom Kanal zurück nach Hause gehe, sehe ich in den Siedlungen immer ein, zwei Kinder mit ihren Spielzeugautos spielen, in dem alten Sandhaufen, den ihr Vater neben dem Betonmischer hat liegenlassen. Sand, der den Regen abkriegt und die Hundescheiße. Da können sie wunderbar Goldsucher spielen: Sie müssen nur ein bisschen schürfen, schon finden sie Klumpen.

Aber es ist komisch, trotz allem beneide ich diese Knirpse ein bisschen. Sie können stundenlang am selben Fleck hocken, Tunnel graben, Brücken bauen und sich dabei für Straßenbauingenieure halten. Und wenn sie die Augen zumachen würden, dann könnten sie das Meer hören, die Brandung der Zwölf- und Dreißigtonner, die vor den Lagerhallen kreuzen.

Warum sollte man diese Kleinen bedauern? Sie haben alles Glück dieser Welt: Sie haben keine Sorgen, es ist immer jemand da, der ihnen die Wäsche wäscht oder etwas zu essen macht. Jemand, der ihre Wehwehchen verarztet. Sie leben »auf dem Land«, wie man so schön sagt. Sie können den Ammoniakduft aus der Hühnerfarm genießen, der einem in der Nase sticht, wenn der Wind von Norden kommt, das Quietschen wie von einer abgestochenen Sau, das die Güterzüge machen, wenn sie am Depot halten, und das Ganze »mit einem Himmel, so grau, dass ein Kanal sich erhängt hat«.

Als ich klein war, hörte mein Großvater dieses Lied von Jacques Brel über sein flaches Land rauf und runter. Ich verstand »mit einem Himmel, so grau, dass ein Wal sich erhängt hat« und fand den Text völlig bescheuert. Ich sagte mir: Warum sucht er denn nicht das Weite, statt sich zu erhängen, dieser Wal? Er kann doch schwimmen, oder? Er muss ja nicht dableiben. Wenn ich ein Wal wäre, würde ich abhauen!

Ich bin aber kein Wal. Also bin ich hiergeblieben.

Ich lebe noch bei meinen Eltern, im alten Stadtkern. Ich bin zu ihnen zurückgekehrt, nachdem meine Freundin Lola eines Morgens mit mir Schluss gemacht hat, wegen nichts und wieder nichts, einer Bagatelle. Ich stand plötzlich auf der Straße, weil sie mit ihrem Mindestlohn die Miete zahlte, seit ich wieder arbeitslos war. Ich bin in fünf Jahren viermal entlassen worden. Ich sollte mich an die Gewerkschaften verkaufen, ich habe einen unfehlbaren Riecher dafür, die Fabriken zu finden, die pleitegehen.

Ich mag dieses Viertel. Es riecht nach frittierten chinesischen Teigtaschen, nach den Pommes von der Pommesbude und denen der Flurnachbarn. Und nach dem Schmieröl der Motoren in der Autowerkstatt Paulin, die unten im Haus ist. Man atmet von morgens bis abends Öl ein. Wenn man Cholesterin durch die Nase aufnehmen würde, sähe es für unsere Arterien zappenduster aus.

Hier ist ständig die Hölle los. Man hört die Säufer, die sich nachts vor der Kneipe prügeln oder in der Sackgasse in die Mülltonnen kotzen, die Jugendlichen, die die Nerven der Schlaflosen strapazieren, wenn sie um zwei Uhr morgens auf ihren frisierten Mopeds durch die Straßen rasen. Babys, die nach ihrer Mutter brüllen. Köter, die wegen jeder Kleinigkeit kläffen: wegen einem leeren Napf, einer läufigen Hündin, einer zugeknallten Tür. Die Straßen sind eng, und die Wäsche hängt auf den Balkonen, fast wie in Italien, nur dass sie hier nicht trocknet, weil die Luft voll Wasser ist.

Um hier in der Gegend gut zu leben, bräuchte man Kiemen. Eines Tages werden uns welche wachsen, und dann wird man uns als Beispiel für die Mutation unserer Gattung anführen.

Es ist hässlich, zugegeben. Aber lebendig.

Und zwischen all den Backsteinmauern sieht man so wenig vom Himmel, dass man beinahe vergessen könnte, dass er fast immer die gleiche unsägliche Farbe hat. Wenn man ihn anschaut, kapiert man sofort, dass er ein Himmel ohne Zukunft ist. Dass man warten und warten und warten kann, solange man will. Er wird sich mit seinem Los begnügen, und das war's, wie ein weiser alter Säufer: »Ich bin blau – *hicks* – na und? Wen stört's?«

Nur dass der Himmel nicht blau, sondern grau ist …

Es ist windig.

Ich schlage meinen Jackenkragen hoch, die ersten Tropfen klatschen vor mir auf den Boden. Mit einem Schlag ist Sintflut angesagt, und die Pfützen, die sich ruck, zuck bilden, sind voll mit schönen, bunt schillernden Ölschlieren.

Es gefällt mir, durch den strömenden Regen zu laufen und »gegen die Elemente zu kämpfen«, wie mein Kumpel Stef sagt, der ein echter Dichter ist. Ich weiß, es klingt dämlich, aber es gibt mir das Gefühl zu leben, wenn ich allein draußen und bis auf die Knochen nass bin.

Ich hätte Lust, einen Zwischenstopp in der Eckkneipe einzulegen, nur fünf Minuten, und mit dem Zackenbarsch einen zu heben. Oder lieber nicht. Ich muss den Alltagstrott durchbrechen, es wird Zeit.

Ich habe nicht bemerkt, wie die achtzehn Jahre zwischen meiner Grundschulzeit und heute Abend vorbeigerauscht sind. Sie kommen mir vor wie eine einzige graue Suppe, mit zwei, drei Petersilienstängeln obendrauf. Es muss sich dringend etwas ändern.

Wenn schon kein Schicksal, dann sollte ich doch vielleicht wenigstens eine Zukunft haben.

Marlène sagt, sie kann nicht mehr.
Sie würde noch zusammenbrechen oder platzen, wenn das so weiterginge.

Es gibt solche Tage, an denen sie in einem fort seufzt und einen Höllenradau macht. Sie zerrt die Stühle über den Kachelboden, donnert mit dem Besen gegen die Fußleisten, knallt die Schranktüren zu. Tage, an denen die Nerven blankliegen und die Hormone verrücktspielen, an denen sie mit dem Geschirr in der Spüle scheppert, flucht und laut vor sich hin schimpft.

Marlène meint, sie hätte niemals heiraten sollen, niemals.

»Ich war viel zu jung, ich war nicht reif dafür! Meine Mutter hätte mich davon abhalten sollen, findest du nicht? Sie hätte doch sehen müssen, dass ich noch ein Gör war. Das wäre ihre verdammte Pflicht gewesen! Eltern müssen ihre Kinder davor bewahren, sich die Pfoten zu verbrennen, oder etwa nicht?!«

Marlène gießt sich eine große Tasse Kaffee ein, trinkt ihn in kleinen Schlucken und pustet immer wieder, weil er noch zu heiß ist. Sie fährt mit ihrem Klagelied fort. Sie bräuchte mal einen Tapetenwechsel, sie möchte weg von hier, ein bisschen frei sein, Urlaub nehmen und die Berge sehen.

Plötzlich bricht sie ab und wendet sich direkt an mich, beide Fäuste in die Hüften gestemmt: »Das ist doch nichts Unmögliches, was ich da verlange! Ich will ja nicht auf den Mond oder auf den Mars, nur mal in die Berge!«

»Warst du schon lange nicht mehr da?«

»Soll das ein Witz sein? Ich hab noch nie einen Fuß dorthin gesetzt! Im Fernsehen und in Filmen habe ich sie gesehen. Deswegen, verstehst du, sage ich mir manchmal, mit fast siebenunddreißig ...«

Sie schaut mich aus dem Augenwinkel an, um zu sehen, ob ich die Mogelei bemerkt habe. Marlène ist nämlich in Wirklichkeit zweiundvierzig. Das weiß ich, weil sie neulich ihren Ausweis und den von Bertrand auf dem Küchentisch hat liegenlassen, nachdem sie irgendein amtliches Formular ausfüllen musste. Er ist drei Jahre älter als sie. Aber ich lasse mir nichts anmerken, worauf sie etwas entspannter weiterredet: »Wenn ich dir sage, was ich mir wünsche, machst du dich nicht über mich lustig, nein?«

»Sag schon.«

»Ich würde gern mit Bertrand mit der Eiergondelbahn bis hoch auf die Gipfel fahren.«

»Das wäre ja mal eine Mordsabwechslung für ihn.«

»Was?«

»Die Eiergondeln.«

Sie schaut mich mit ihren Kuhaugen an, denkt angestrengt nach und lacht schließlich. »Ach so, die Eier, klar! Du meinst, wegen der Fabrik? Wegen den Eiern und den Hühnern, ja?«

Ich zwinkere ihr zu.

Sie redet weiter, während sie die Hundehaare von den Sofakissen klopft. »Aber daraus wird nichts! Es wird nicht gehen, da brauche ich gar nicht erst zu träumen! Wir werden nie genug Kohle haben, und außerdem ist es sowieso sinnlos, wegen dem da ...«

Der da, das ist Roswell. Inzwischen kenne ich seine Geschichte von A bis Z.

Angefangen mit der alten Mama, die ganz allein war und

sich nicht von ihrem Gérard trennen wollte, ihrem Nachzügler, der »anders« war als die anderen, und die sich bis zum Schluss um ihn gekümmert hat. Die ihn trotz allem liebte, über alles. Diese alte Mama, die vor knapp drei Jahren still und leise gestorben ist, an einer Krankheit, an Verschleiß. Und Bertrand, der alles erbt: die Wohnzimmermöbel im Henri-deux-Stil, das Geld vom Sparbuch und seinen schwachsinnigen Bruder, der lacht wie ein Baby und ihm die Arme entgegenstreckt, sobald er ihn reinkommen sieht.

Marlène meint, es ist im Leben nicht das Problem, wenn man kein Herz hat, sondern im Gegenteil, wenn man eins hat. Bertrand ist ein Gefühlsdusel. Pech gehabt.

»Er hätte ihn irgendwo unterbringen können, seinen Bruder, meinst du nicht? Dann hätten wir wenigstens unsere Ruhe! Aber so bin ich es, die alles abkriegt! Als ob ich nichts anderes zu tun hätte! Und es ist sicher nicht wegen der Behindertenbeihilfe. Er kostet uns so viel, wie er uns einbringt, wir haben nicht die Bohne was davon, dass er bei uns ist.«

Sie sagt das im Beisein von Roswell, der vor dem Fernseher sitzt, seine große Serviette um den Hals gebunden, Tobby an seiner Seite, der sich an seinen mageren Oberschenkel schmiegt und die Lefzen auf sein knochiges Knie legt. Er ist ständig bei Roswell. Sobald er ihn sieht, drückt er sich an ihn und weicht nicht mehr von seiner Seite. Er zeigt ihm seine Freude, so gut er das mit Rheuma und Lungenemphysem eben kann, aber mit dem Schwanzstummel wedelt er uneingeschränkt.

An manchen Tagen sehe ich, dass Marlène sich darüber ärgert. Pure Eifersucht. Sie will, dass man sie am liebsten hat.

Tobby ist eine scheußliche Promenadenmischung. Er ist fett, hat eine kurze Schnauze, O-Beine, das fliehende Hinterteil einer Hyäne, vorstehende, tränende Augen, und er stinkt verboten aus dem Mund. Aber er ist Marlènes große Liebe, ihr vierzehn Jahre alter Schatz.

Seit er hustet wie ein Kettenraucher, vergeht sie vor Sorge um ihn.

»Tiere können einem den größten Kummer machen. Schon damals, als ich meinen Rex verloren habe, dachte ich, ich würde mich nie mehr davon erholen! Und jetzt er …«

Sie schenkt sich ein Glas Wein ein und hält Roswell auch eins hin, der seine zitternde Hand danach ausstreckt, ohne den Bildschirm aus den Augen zu lassen. Dann dreht sie sich zu mir um, eine Augenbraue fragend hochgezogen.

Ich schüttele den Kopf. Sie drängt mich nicht weiter.

»Das ist vielleicht nicht sehr gut für ihn, weißt du …«, sage ich und zeige auf Roswell, der jetzt Rotwein auf seine Serviette sabbert.

Sie zuckt mit den Achseln. »Ach was, wenn es mir nichts tut, kann es ihm auch nicht schaden.«

Ich bereite meinen Mittagsimbiss vor und schaue dabei durchs Küchenfenster auf die Hühnerfarm. Es stinkt schon rein optisch.

Als ich ins Wohnzimmer zurückkomme, hängt Marlène mit einer Tüte Chips vor dem Fernseher und schaut sich eine Quizsendung an.

»Weißt du, wie die Hauptstadt von Moldawien heißt?«

»Nein.«

»Die haben Fragen, ich schwör's dir! Ich wusste nicht mal, dass es Moldawien überhaupt gibt! Aber man kann sich ja auch nicht *alle* Länder von Südamerika merken …«

Roswell ist in seinem Sessel halb eingenickt, Tobby liegt auf seinen Füßen und schläft.

Ich mache die Tür auf.

»Chisinau! Chisinau heißt die Hauptstadt!«, brüllt Marlène mir hinterher. »Ich frage mich, wer die wohl kennt!«

»Die Leute, die in Moldawien leben.«

Draußen ist der Himmel bleigrau. Der Wind weht und trägt den Gestank der Hühnerfarm davon.

Es riecht nach gemähtem Gras.

Marlène hat einen neuen Angriff gestartet.

Ich war gerade oben und habe einen Krimi gelesen, als ich hörte, wie sie Bertrand fragte: »Hast du noch mal über meine Idee nachgedacht?«

Sie sagte das in diesem honigsüßen Ton, den sie anschlägt, wenn sie etwas erreichen will. Ihre Fliegenkleisterstimme.

Bertrand hat geknurrt: »Welche Idee?«

»Du weißt doch! Wegen dem Dödel ... Alex wird bald nicht mehr da sein, deshalb habe ich mir gedacht ... Ich meine, ich habe mich gefragt, ob du nachgedacht hast.«

»Nein, ich habe nicht nachgedacht. Es geht einfach nicht.«

»Na, da hätte ich aber gern, dass mir mal einer erklärt, warum!«

»Weil man das nicht machen kann, basta. Hör auf damit, klar?«

Marlène hat misslaunig geseufzt: »Ist doch immer dasselbe! Wenn die Idee nicht von dir ist, geht es nicht!«

»Er ist mein Bruder, ich kann das nicht machen. Außerdem habe ich keine Lust, im Knast zu landen.«

»Aber wenn wir ihn nur ein bisschen aussetzen?«

»...«

»Jetzt schau nicht so an die Decke, als ob ich Quatsch reden würde!«

»Also, entschuldige, aber *ein bisschen* aussetzen, darunter kann ich mir beim besten Willen nichts vorstellen.«

»Na, für den Urlaub.«

»...?«

»Ist doch klar: Wir setzen ihn in der Nähe von einer Polizeiwache aus, wir fahren eine Woche weg, nur du und ich als Liebespaar, und danach holen wir ihn wieder ab.«

Bei den Worten »als Liebespaar« hat sie ihre Stimme samtweich werden lassen, sinnlich schmachtend.

Aber die erotische Botschaft muss bei Bertrand nicht ganz angekommen sein, weil er nur geantwortet hat: »Meine Fresse, du bist wirklich durchgeknallt. Und wie willst du der Polizei erklären, dass wir meinen Bruder verloren haben und, statt ihn als vermisst zu melden, einfach weggefahren sind und es uns eine Woche lang haben gutgehen lassen?«

Marlène hat eine kleine Weile nichts gesagt. »Wir finden schon was!«, hat sie dann schließlich gemeint.

»Genau, ja: Du findest was, und dann reden wir weiter.«

Ich habe meine Tür zugemacht, mich aufs Bett gelegt, die Arme hinter dem Kopf verschränkt und an die rissige Decke gestarrt.

Nebenan hat Roswell angefangen zu singen.

Ich habe meine Kopfhörer aufgesetzt und die Musik voll aufgedreht.

Roswell singt gern.

Singen ist vielleicht nicht ganz das richtige Wort, aber es bezeichnet die Absicht dahinter. Wenn es ihn packt, dann schließt er die Augen, wirft den Kopf in den Nacken, zieht die Oberlippe noch ein bisschen höher als sonst und legt los.

Es ist selten eine bekannte Melodie – zumindest kann ich keine erkennen –, und es klingt für menschliche Ohren grauenhaft falsch, aber man muss ihn dabei nur anschauen, um zu verstehen, dass es ihn beruhigt, dass es ihn glücklich macht.

Marlène kann das nicht ertragen.

Sobald Roswell loslegt, bohrt sie sich beide Zeigefinger tief in die Ohren. Und verzieht das Gesicht zu einer der ausdrucksvollen Grimassen, die ihre Spezialität sind: mit rollenden Augen, zerknautschtem Mund und so weit zusammengezogenen Augenbrauen, dass sie sich berühren. Man müsste dämlich sein, um die Botschaft nicht zu kapieren. Dämlich sein oder Roswell heißen.

Der scheint das als Ermutigung aufzufassen, denn er grölt aus voller Kehle weiter und schaukelt auf seinem Stuhl hin und her. Ich frage mich sogar, ob er nicht noch extra aufdreht, nur um sie auf die Palme zu bringen. Marlène brüllt, dass sie davon Migräne kriegt, dass er eine Lärmbelästigung ist und dass sie diesen Radau nicht mehr aushält.

»Wirst du wohl still sein, Hornochse? Wirst du wohl still sein? Halt die Klappe!«

Roswell klatscht in die Hände. Er amüsiert sich prächtig.

Mir gefällt es, ihm dabei zuzusehen, auch wenn es wirklich

unerträglich ist. Und dann endet es immer ganz plötzlich. Und Marlène seufzt: »Das wurde aber auch Zeit!«

Sie wendet sich an mich: »Ich sag's dir, die reinste Heulboje! Wie hältst du das nur aus?«

An manchen Abenden ist sie einfach nur genervt. An anderen voller Hass. Als würde ihr die Galle hochkommen und sie ganz ausfüllen, wie wenn ein verstopfter Abfluss überquillt.

An diesen Abenden kriegt Roswell dann seinen Waisenkindblick, mit einem kleinen zitternden Lichtlein tief in seiner Pupille. Er fragt mich, und nur mich: »Ich sssing schön, nich?«

»Na klar singst du schön!«

Roswell entspannt sich. »Sssuper!«, und lacht sich schlapp.

Ich zwinkere ihm zu. Er kneift beide Augen zusammen.

Marlène lacht höhnisch auf. »Besser, das zu sehen, als taub zu sein!« Und geht achselzuckend davon.

Neben dem Haus von Bertrand und Marlène steht ein Schuppen, halb zerfallen und mit einem Eternitdach. Eine ehemalige Werkstatt, ich weiß nicht wofür, in der ein Haufen Krempel rumliegt, der jeden Flohmarkthändler glücklich machen würde.

Ich stöbere gern in so was, je ramschiger, desto besser. Ich suche nichts Bestimmtes, nichts Besonderes, ich bin für alles zu haben. Und in dem ganzen Plunder bin ich eines Morgens auf ein altes Wägelchen gestoßen. Ein stabiles, sperriges Ding, das von einem Bastler unter LSD zusammengeschweißt worden sein muss. Vier schwenkbare Gummiräder wie von einem alten Tretroller, montiert unter einer dicken, breiten Hartfaserplatte, die orangegelb und spinatgrün gestrichen war. Das Ganze mit einer beweglichen Wagendeichsel aus knallrot lackiertem Stahlrohr.

Wozu das Ding ursprünglich gut sein sollte, werde ich wohl nie erfahren. Zuerst habe ich es gesehen, ohne es wirklich wahrzunehmen. Es ist mir einfach aufgefallen, weil es aussah wie ein Spielzeug. Aber eines Tages, als ich von der Arbeit kam, habe ich mich wieder daran erinnert.

Im Wohnzimmer stand Roswell ganz allein am Fenster. Marlène musste einkaufen sein, ihr Auto war nicht da. Sie nimmt ihn nie mit. Roswell lehnte seitlich am Wohnzimmerschrank, wie immer kurz vorm Umfallen, aber er stand, und er sah sich an dem Ausblick satt – an nichts, mit anderen Worten. Von dem Fenster aus sieht man nichts als graue Erde, die Bäume am Kanal und etwas weiter die Lagergebäude von

Mériaux & Söhne, die Strommasten und die ersten Siedlungen. Aber er wirkte völlig hypnotisiert von diesem Horizont voller Leere und matschigem Brachland.

Ich habe mich neben ihn gestellt, so dicht, dass ich ihn berührte, aber nur ganz leicht, um ihn nicht aus dem Gleichgewicht zu bringen. Ich habe meine Schulter an seine gedrückt, die sich ganz knochig anfühlte unter dem weiten Pulli, ohne Fleisch und Wärme, und dann habe ich eine Weile mit ihm hinausgeschaut.

Schließlich habe ich ihn gefragt: »Woran denkst du?«

Ohne den Kopf zu bewegen, hat er gemurmelt: »Dassiss hüsch!«

»Du findest das hübsch?!«

»Mja.«

»Aber was denn? Was findest du da hübsch?«

In seiner feuchten Roswell-Sprache hat er genuschelt: »*Vogelfarbner-Baum-ich-hab-keine-Anssst-mehr-vorm-flachen-Land* ...«

Ich habe gelächelt. »Wieder ein Gedicht, ja?«

Er hat gezwinkert und weitergesprochen, kaum verständlich: »... *ich-kann-wechfliegn-durchn-schwarzn-Himmel*...«

Und plötzlich war Roswell ein großer, in einem Käfig gefangener Vogel. Ein magerer, unbeholfener Vogel, mit zu krummen Flügeln, um davonfliegen zu können. Ohne nachzudenken, habe ich gesagt: »Wenn ich das nächste Mal freihabe, nehme ich dich mit spazieren, wenn es nicht regnet, okay?«

Er hat mich nicht einmal angeschaut, er hat nur die Mundwinkel nach unten gezogen, um zu antworten: »Okeh-Scheff!«

Als ich Marlène zwei oder drei Tage später gesagt habe, ich hätte beschlossen, mit Roswell spazieren zu gehen, hat sie verdattert wiederholt: »Spa-zie-ren?«

»Ja.«

»Du willst mit dem Dussel spazieren gehen?!«

»Ja.«

»Äh … wozu?«

»Einfach so, damit er mal rauskommt. An die Luft.«

»Und wo willst du hin?«

»An den Kanal.«

Ich spürte genau, dass ihr die Sache gegen den Strich ging, und ich wusste auch, warum. Sie legte keinen Wert darauf, dass man auf Gérard aufmerksam wurde, weil sie ja vorhatte, ihn auszusetzen. Und wenn ich jetzt anfing, mit ihm durch die Gegend zu ziehen, würde man ihn früher oder später bemerken. Er ist nicht gerade unauffällig. Ich verstand ihre Angst.

Aber gleichzeitig sind die Nachbarn weiter weg, als das Auge reicht, wie sie immer sagt. Die nächsten Häuser stehen jenseits der Fabrik oder in Richtung Landstraße. Und am Kanal entlang ist nie jemand unterwegs.

Ich konnte sehen, wie sie nachdachte. Sie musste sich sagen, wenn sie mir verbieten würde, mit Gérard rauszugehen, könnte ich Verdacht schöpfen. Es wäre besser, den Dingen ihren Lauf zu lassen und sich nicht zu sehr einzumischen. Sie hat mir ihr grundehrliches Taschendiebslächeln gezeigt.

»Und wie willst du das anstellen, mit ihm spazieren zu gehen? Du hast doch sicher bemerkt, dass er sich nicht auf den Beinen halten kann, oder?!«

Und dann, als würde es ihr plötzlich einfallen, in schrofferem Ton: »Du hattest nicht zufällig vor, dir den Renault auszuleihen? Wenn das nämlich so ist, sage ich dir gleich: Kommt nicht in die Tüte!«

»Ich habe nicht vor, das Auto zu nehmen.«

»Na, dann weiß ich nicht, wie das gehen soll.«

»Ich schon. Ich hab da eine Idee.«

Marlène hat nur wieder mit den Achseln gezuckt.

An meinem nächsten freien Tag habe ich den Morgen im Schuppen verbracht, um an einem System mit altem Wäschedraht und einer durchsichtigen Plastikplane rumzubasteln. Ich wollte eine Art faltbares Verdeck bauen, um Roswell zu schützen, falls es regnen würde. Hier in der Gegend ist das Wetter unberechenbar.

Ich habe ein zusammengeklapptes altes Gartenliegenkissen auf die Hartfaserplatte genagelt, um sie ein bisschen zu polstern. Dann habe ich das aufgemotzte Wägelchen vor dem Hauseingang geparkt und bin zu Roswell hochgegangen. Er saß in seinem Sessel am Fenster. Marlène holt ihn nicht jeden Tag runter, es kommt darauf an, was sie vorhat, und auf den Grad ihrer schlechten Laune.

»Auf geht's, anziehen!«, habe ich gesagt.

Ich habe ihn mit einem dicken Pulli, einem Schal und Fäustlingen ausstaffiert. Er hat sich dabei schlappgelacht, wie immer.

Dann habe ich hinzugefügt: »Heute ist der große Tag! Wir gehen spazieren!«

Er hat mit einem Schlag aufgehört zu lachen und mich mit einer komischen Mischung aus Staunen und Unsicherheit angeguckt.

Ich spürte, dass er keine Angst davor hatte, mit mir loszuziehen, sondern davor, enttäuscht zu werden. Dass es nur ein schlechter Scherz sein könnte. Dass ich ihm, wenn er fertig angezogen wäre, sagen würde: »Das war doch nur ein Witz, du Trottel! Du bleibst natürlich hier!«

Und trotzdem stand in seinen Augen immer noch dieses Cockerspanielvertrauen, das ich so hasse, weil ich mich dann für ihn verantwortlich fühle, aber es war zu spät. Ich habe schon zu viel von meiner freien Zeit damit verbracht, ihm Geschichten vorzulesen, seine Gedichte zu entschlüsseln, an dieser Karre rumzubasteln, um sie in eine Kutsche zu verwandeln – ich brauchte mir nichts mehr vorzumachen: Ich hatte Roswell gern. Pech gehabt.

Es passte mir nicht, war aber so.

Als wir Stufe um Stufe endlich unten waren, Roswell eingepackt, als ginge es zum Nordpol, Jacke zu bis oben hin, Schal um den Hals, Mütze tief in die Stirn und Kapuze obendrüber, stand Marlène breitbeinig in der Haustür. Sie betrachtete die Karre mit misstrauischem Blick, die Arme verschränkt, die Beine fest in den Boden gestemmt.

»Wo hast du denn dieses Ding aufgetrieben?«

»Im Schuppen.«

»Und damit willst du den Dödel ausfahren?«

»Ja, ich will mit ihm an den Kanal, wie gesagt.«

»Na, da werdet ihr aber ’ne Weile brauchen!«

»Das macht nichts, wir haben Zeit.«

Sie hätte beinahe noch etwas hinzugefügt.

Ich habe ihr den Rücken zugekehrt und Roswell geholfen, sich auf den Wagen niederzulassen. Das war nicht einfach, weil er tief in die Knie gehen musste, um seinen knochigen Hintern auf die Platte setzen zu können. Mit seinen schlappen Muskeln ließ er sich einfach hängen, sodass ich fast sein ganzes Gewicht trug. Und, wie Marlène sagen würde: Er ist zwar mager, aber so schwer wie ein toter Esel.

Sie schaute mir zu, ohne einen Finger zu rühren. An ihrem undeutlichen Lächeln und ihrem hämischen Blick konnte ich ablesen, dass sie keinen guten Tag hatte.

Als Roswell endlich einigermaßen saß, habe ich ihm seine olivfarbene Decke über die Knie gelegt und gefragt: »Na, wie sitzt es sich in deinem Rolls-Royce?«

»Sssuper!«

»Dann kann's also losgehen? Alles klar?«

»Okeh-Scheff!«

Ich habe die Karre über den Schotter im Hof geschoben. Sie sank etwas ein und war schwer zu lenken, aber da ich Marlènes Blick zwischen meinen Schulterblättern spürte, habe ich alles darangesetzt, nicht stehen zu bleiben.

Nach dem Gartentor wurde es leichter, der Weg war eben, mit altem Teer gepflastert.

Als wir etwa dreißig Meter weit waren, habe ich Marlène noch schreien hören: »Du kannst ihn von mir aus ruhig ertränken, ich wär dir nicht böse!«

Roswell hat sich schlappgelacht.

Bis zu dem Weg, der am Kanal entlanggeht, sind es fast zweihundert Meter.

Die Karre rollte gar nicht schlecht, auch wenn sie schwer und kaum zu lenken war. Ich kam mir ein bisschen albern vor hinter diesem Jahrmarktsgefährt, auf dem Roswell im Schneidersitz saß, in seine Vliesdecke gehüllt wie ein alter Sioux, und alle drei Minuten aus voller Kehle »Ssssuuuper!« blökte, um der ganzen Welt zu zeigen, wie glücklich er war. Die Räder waren breit genug, um die Stöße etwas zu dämpfen, aber Roswell sackte trotzdem mit jedem Schlagloch weiter in sich zusammen. Ich hatte mich verkalkuliert. Mit einem Kissen im Rücken und zwei als Armstützen hätte er es bequemer gehabt. An der Kreuzung zwischen Straße und Treidelweg, wo es etwas steiler bergab geht, ist Roswell plötzlich seitlich umgekippt. Ich habe sofort angehalten. Sein Gesicht klemmte zwischen den Knien, und ein Arm hing ins Gras.

»Alles in Ordnung?«

Er hat mit einem undeutlichen Brummen geantwortet, etwas wie »Grmmff-mmfff-ppffff«.

Während ich ihn unter den Armen packte, um ihn wieder hochzuziehen, lachte er sich kaputt. Er hatte vor lauter Freude seine ganze Hand im Mund. Manche Kleinkinder lutschen am Daumen, Roswell aber stopft sich gleich vier Finger auf einmal hinein – alle bis auf den Daumen – und nuckelt bis zur Handfläche daran.

Als ich seinen seligen Ausdruck sah, musste ich auch lachen. »Na, dir scheint die Spazierfahrt ja zu gefallen!«

»Ooooh mja! Sssuper isses!«

Ich habe gefragt: »Dann wollen wir mal weiter, ja?«

Er hat feucht zurückgenuschelt: »Nna sssicher, Scheff!

Ich habe ihm die Mütze zurechtgerückt, die ihm über ein Auge gerutscht war, die Decke wieder um ihn herumdrapiert, und dann ging es endlich den Kanal entlang.

Der Himmel war schüchtern blau. Es war etwas kalt, aber nicht zu sehr. Wir fuhren den kleinen Uferweg entlang, er war gerade breit genug, dass ich den Wagen darauf schieben konnte, ohne Gefahr zu laufen, ihn in die Brühe rollen zu lassen. Ich wusste, ein Stück weiter würde der Weg etwas großzügiger werden. Die Räder machten auf dem Gras keinen Krach mehr. Die Enten und Teichhühner ließen sich von uns nicht stören, und der Graureiher, der hier irgendwo sein Nest hat, setzte sich hin und wieder auf die Stechginsterbüsche.

Roswell fühlte sich offensichtlich wohl, er sang aus voller Kehle und grottenfalsch. Einen Moment lang bedauerte ich es, dass ich meinen Walkman nicht dabeihatte. Aber andererseits sorgte Roswells Konzert für Stimmung.

Ich musste an die Waldspaziergänge denken, die wir früher mit meinen Eltern und meinen Brüdern unternahmen. Es roch nach Erde, Humus, nach Pilzen, Moder und Harz. Sobald wir unsere Lichtung erreicht hatten, immer die gleiche, holten unsere Eltern die große Picknickdecke, das Kofferradio und den Korb hervor.

Meine Mutter legte sich hin und seufzte: »Ist es hier nicht schön?«

Unser Vater legte sich zu ihr, den Kopf auf ihrem Bauch, und sagte: »Geht spielen, Kinder! Lasst uns ein bisschen in Ruhe, aber lauft nicht zu weit weg!«

Und meine drei Brüder und ich flitzten davon, alle hinter Thomas her, dem Ältesten, der unser Anführer war. Es kam uns vor, als würden wir ewig rennen, weit von unseren Eltern weg, und uns echten Gefahren aussetzen. Vielleicht würden wir uns verlaufen? Vielleicht müsste die Polizei ausrücken, um uns wiederzufinden? Vielleicht würde man uns erst in zehn oder fünfzehn Jahren entdecken, wenn wir zu echten Wilden geworden wären?

An all das dachte ich zurück, während ich den Wagen vor mir herschob und Roswell auf den Rand der Platte klopfte, um seinen Gesang mit dem passenden Rhythmus zu begleiten, was allerdings ein Ding der Unmöglichkeit war.

Plötzlich sagte er: »Aleksh?«

»Ja? Was ist?«

»Da ssinn Leutte!

»Leute? Wo?«

Da drüben.

Als ich diese Richtung eingeschlagen hatte, wusste ich, dass ich vielleicht auf die zwei Typen stoßen würde, die da immer rumlungerten. Aber wenn ich die andere Richtung genommen hätte, wären wir nach dreißig Metern auf der Landstraße gelandet – Teer, Verkehr und so weiter –, und darauf hatte ich überhaupt keine Lust.

Also hatte ich mir gesagt, ich würde meinen gewohnten Weg nehmen und dann mal sehen. Mir doch egal, was andere Leute dachten.

Ich würde an der Schleuse umdrehen und den gleichen Weg zurückgehen.

Die zwei sind immer an der gleichen Stelle. Man könnte meinen, sie wohnen da.

Ein großer Dünner mit langen dunklen Haaren, der mit dem Rücken an eine Platane gelehnt dasitzt und Löcher in die Luft guckt. Und ein Fettwanst, der mit leeren Bierdosen nach mir schmeißt, wenn er mich vorbeigehen sieht, als ob er mir Angst machen wollte. Ich weiß nicht, ob es das Klima ist oder der Alkohol oder ob sie sich untereinander fortpflanzen, aber es ist schon erstaunlich, wie viele Leute hier plemplem wirken.

Die beiden da sind um die dreißig. Ich frage mich, was sie wohl daran finden, stundenlang an diesem Ufer zu sitzen. Wenn es wenigstens ein hübsches Fleckchen wäre.

Aber es ist immerhin weniger scheußlich als die restliche Gegend, und das ist schon viel wert.

Wenn ich vorbeigehe, ignoriere ich sie. Abgesehen von ein paar schnellen, kurzen Blicken. Sie sind zwar auf der anderen Seite des Kanals, aber es wäre ein Klacks für sie, ihn etwas weiter an der Schleuse, wo ich auch manchmal rübergehe, zu überqueren und zu stänkern.

Ich bin lieber auf der Hut.

Sie waren wie gewöhnlich auf ihrem Posten. Der Dicke trank sein Bier. Der andere lehnte an seinem Baum und ließ Steine übers Wasser hüpfen.

Aber das waren gar nicht die, die Roswell mir gerade gezeigt hatte. Es waren zwei andere, auf unserer Seite des Kanals, etwa dreißig Meter weiter vorn, unter der Brücke. Zwei Jugendliche, Marke Brutalo.

Das rieche ich drei Kilometer gegen den Wind, und ich liege selten daneben.

Ich habe mir gesagt, besser wäre es, nicht an ihnen vorbeizumüssen. Nur konnte ich nicht umdrehen, und dank Roswells Gesangseinlagen hatten sie uns sowieso längst bemerkt.

Ich habe ihm die Decke über den Kopf gezogen und das Verdeck runtergeklappt. Roswell hat mich fragend angeschaut.

»Du rührst dich nicht!«, habe ich gesagt. »Wir spielen ein kleines Spiel.«

Der von den beiden, der in unsere Richtung schaute, hat seinem Kumpel ein Zeichen gegeben. Der andere hat sich umgedreht und die Hand über die Augen gehalten wie ein Soldat, der nach dem Feind Ausschau hält. Sie haben schnell etwas ausgetauscht, von Hand zu Hand. Sie waren wohl mitten in einem Deal, was mir scheißegal war. Ich fragte mich nur, wie wir ohne Ärger an ihnen vorbeikommen würden.

Es sah nicht gut aus: Der Kleinere steuerte auf uns zu, mit

den Schultern rollend, die Fäuste tief in den Taschen seines Kapuzensweatshirts, die Mütze falsch rum auf dem Kopf, Schirm im Nacken.

Der andere ging hinter ihm her, ohne Eile, lässig.

Roswell kicherte unter der Plane. Er fragte sich vermutlich, wann das Spiel endlich losging. Ich habe mich zu ihm vorgebeugt, um ihm zu erklären, was er zu tun hatte, und dann gemurmelt: »Sei ganz still, okay?«

Und seine vor Lachen erstickte Stimme antwortete: »Okeh-Scheff!«

Als er sieben oder acht Meter vor uns stand, hat der Kurze dem anderen über die Schulter zugekrächzt: »Guck dir mal das scharfe Teil hier an! Ist das 'ne Yamaha, oder was?«

Der andere hat dümmlich gelacht. Sie kamen näher. Für mich interessierten sie sich nicht. Sie waren nur von der Karre und ihrer Ladung fasziniert.

Ich glaube, in dem Moment hatten sie noch nicht kapiert, worum es sich handelte.

Sie haben sich vor uns aufgebaut, in zwei Meter Entfernung, höchstens. Der Kleine hat sich vorgebeugt und versucht, unter die Plastikplane zu linsen, die leicht zitterte, weil Roswell in sich hineinlachte.

Ohne mich anzusehen, hat der Kleine gesagt: »O Mann, das ist was Großes! Was ist das, 'n Köter?«

Sein Kumpel hat gemeint: »Nee, sieht eher aus wie ein Affe.«

Der Gartenzwerg hat mich mit seinen verwaschenen blauen, völlig ausdruckslosen Augen angestarrt. »Ein Affe? Echt?!«

Und ehe ich antworten konnte, war er schon vorgetreten, hatte mit beiden Händen das Verdeck gepackt und mit einem Ruck zurückgeschlagen.

Roswell hat aus voller Kehle gebrüllt: »Uuuaaahhh!«

Der andere ist zurückgesprungen und hat geschrien: »Ach, du Scheiße!« So laut, dass von der anderen Kanalseite ein Echo zurückschallte. Dann weiter: »Scheiße, was ist das denn für ein Monster?«

Und der Größere hat mit tonloser Stimme gemeint: »O Mann! Das ist ja 'n Typ!«

Ich stand zwar hinter dem Wagen, konnte mir aber sehr gut vorstellen, was sie jetzt sahen: Roswell, der sich kaputtlachte und auf seine Finger sabberte, dass es nur so schäumte, seinen riesigen, weit aufgerissenen Mund mit den vorstehenden Pferdezähnen und seinen verkrümmten Körper.

»Ist das 'n *echter* Typ?«, hat mich der Kurze gefragt, ungläubig, ohne den Blick von der Karre und ihrer Ladung losreißen zu können.

»Ja«, habe ich gesagt. »Und pass auf, er ist ansteckend!«

In ihren Augen leuchteten Zweifel auf.

Sie haben gezögert, wenn auch nicht sehr lange, und haben dann langsam den Rückzug angetreten, ohne aufzuhören, Roswell anzugaffen. Nach ein paar Metern haben sie sich umgedreht und sind mit großen Schritten davongeeilt. Etwas später habe ich sie von weitem lachen hören.

Ich habe Roswell, der immer noch kicherte, etwas zurechtgerückt.

»Dassswar gut, nich?«

»Ja«, habe ich gesagt. »Das war große Klasse! Ein super Einsatz!«

Die beiden Typen auf der anderen Kanalseite hatten sich keinen Zentimeter von der Stelle gerührt. Die dachten wohl, sie sitzen im Theater. Wären wir ins Wasser geschmissen worden, hätten die keinen Finger gerührt.

Der einzige Unterschied zu sonst war, dass der Dicke diesmal nicht bellte und keine einzige Bierdose nach mir warf. Es hat mir fast gefehlt.

Roswell und ich sind bis zur Schleuse weitergegangen.

Die Enten und Teichhühner waren mir jetzt egal. Selbst wenn ein Pinguin vor unserer Nase gelandet wäre, hätte es mich kaltgelassen. Ich war wütend.

Roswell sang wieder.

Ich habe mir gesagt: An ihm geht das alles total vorbei, er kapiert wirklich nichts, so viel ist klar!

Wir sind umgedreht, wieder unter der Brücke durch und an den beiden Hampelmännern am anderen Ufer vorbei, dem Bello und seinem traurigen Kumpel.

Und dann, kurz bevor wir vom Treidelweg wieder auf die Straße eingebogen sind, die zum Haus zurückführt, hat Roswell gefragt: »Aleksh?«

»Ja?«

»Ssstimm'dasss?«

»Stimmt was?«

»Dassich'n Monssser binn?«

Ich bin stehen geblieben und habe mich vor ihn gehockt. Sein Schal und der Kragen seines Parkas trieften vor Spucke. Ich habe ihn angesehen und gesagt: »Du bist bei weitem das schönste Monster, das ich kenne, du bist mein absolutes Lieblingsmonster! Hast du gesehen, wie du ihnen Angst gemacht hast?!«

Er hat die Hände vorgestreckt, »Grrrrr!« gemacht und sich dabei schlappgelacht.

Ich habe mir gesagt, ich bin feige, dass ich so tue, als wäre es ein Witz. Es ist nämlich wahr: Er ist monströs. Aber was hätte ich denn antworten sollen?

Außerdem finde ich ihn tatsächlich immer weniger scheußlich.

Er ist von einer vollkommenen Hässlichkeit. Es gibt nichts an ihm, das nicht missraten, entstellt, erschreckend oder lächerlich wäre. Nichts bis auf seinen Welpenblick, der so sanft ist, dass man es gar nicht beschreiben kann. Nichts bis auf sein schallendes Lachen, voller Leben und Humor.

Aber dieses Nichts reicht aus, um etwas in mir zu wecken, Gefühle, die ich nicht verstehe, die Lust, ihm die Flügel zu strecken, und wenn es mit Gewalt ist. Die Lust, ihm abends zuzuhören, ihn am Kanal entlang spazieren zu fahren. Scheiß auf die beiden Arschlöcher, diese armen Deppen, die heute Abend in der Kneipe ihren Kumpels von ihrer mysteriösen Begegnung erzählen werden. Und sie werden dick auftragen: O Mann, ein Schimpanse, ein echter Affe, sag ich euch!

Wir werden noch mehr Leute treffen, die loslachen werden, wenn sie Roswell sehen.

Die wahren Monster sind *sie*.

Der Zackenbarsch saß auf der Böschung, auf seinem reservierten Platz, den man leicht an den von seinem mächtigen Hintern plattgedrückten Gräsern erkennen konnte. Entmutigte Gräser, die es aufgegeben haben zu wachsen, trotz Frühling. Er hatte sein Notizheft auf den Knien und führte Buch: eine Bierdose – ein Strich. Eins, zwei, drei, vier … Und bei fünf: ein Querstrich.

Er hat beschlossen, sie fortlaufend zu zählen, damit er, wenn sein Staudamm endlich fertig ist, die Gesamtsumme kennt. Um eines Tages seinen Enkeln davon zu erzählen. Das ist sein Lebenswerk, wie er sagt. Seine Kathedrale.

Und plötzlich hat er gesagt: »Oh?! Schau mal da!«

Wenn der Zackenbarsch sich wundert, ist das selten genug, um interessant zu sein.

Am anderen Ufer, noch weit weg, habe ich diesen komischen Typen näher kommen sehen, der immer mit großen Schritten und leicht vorgebeugt läuft, als hätte er Bauchkrämpfe und müsste dringend hinter den nächsten Busch. Heute ging er nicht so schnell, im Gegenteil. Er schob ein komisches knallbuntes Gerät vor sich her. Eine Art tiefergelegten Kinderwagen mit durchsichtigem Verdeck, unter dem sich irgendetwas befand. Aber von da, wo ich stand, konnte ich nicht sehen, was.

Ich habe gesagt: »Was kutschiert der denn da rum?«

Der Zackenbarsch hat die Nase hochgezogen und gemeint: »Hmfff … Keine Ahnung. Jedenfalls bewegt es sich.«

Fast gegenüber von unserem Platz, unter der Brücke, waren zwei Jungs, die gerade einen Pillendeal am Laufen hatten. Ich habe sie schon öfter hier rumhängen sehen, da werden wir mal eingreifen müssen, der Zackenbarsch und ich. Wir haben hier durch den Bierdosenstaudamm schon genug Umweltverschmutzung und wollen uns nicht auch noch mit dem Abschaum der nördlichen Vorstadt belasten.

Ich hab nichts gegen Leute, die sich auf diese Art schöne Träume verschaffen. Ich selbst wäre an manchen Tagen ohne meine Shisha auch nicht besonders gut drauf. Es würde mir an Sauerstoff fehlen. Aber diese Scheißteile, die machen, dass die Augen tot aussehen und das Gesicht wie ein vergammelter Schinken – nein danke. Und Dealer kotzen mich sowieso an. Denen ist es scheißegal, dass sie junge Leute kaputtmachen, dass sie Zombies zurücklassen, Hirntote. Hauptsache, sie zocken ab. Ich sehe immer mehr von diesen Mistkerlen hier rumhängen. Genau zwei Neuronen haben sie: eins, um böse, und eins, um dämlich zu sein. Wenn ich auf mich hören würde – und ein bisschen mehr Muskeln hätte –, würde ich ihnen die Fresse einschlagen, diesen Schweinen.

Ich habe den Typen mit seiner Karre direkt auf sie zusteuern sehen. Da habe ich mir gesagt: Ach so, okay, alles klar. Deshalb kommt er daher wie ein gehetztes Gespenst: Er ist bloß ein Süchtiger, der sich seinen Stoff holt wie ein Esel sein Heu. Oder womöglich ein Großhändler? Vielleicht ist sein Wagen voll mit Nachschub?

Einer der Kerle hat ihm zugewinkt, sie sind direkt auf ihn zu. Sie waren verabredet, das war klar. Ich hatte voll ins Schwarze getroffen.

Der Magersüchtige ist stehen geblieben, er hat sich zu der Plastikplane vorgebeugt, und ich hatte den Eindruck, dass er was sagte. Entweder er führte Selbstgespräche, oder er redete mit seinem Hund. Sicher ein Dobermann oder so was in der Art, er füllte die ganze Ladefläche aus. Er hatte ihn in eine Decke eingewickelt. War wohl kälteempfindlich, der Köter.

Die beiden Mistkerle haben irgendetwas geschrien. Der Kleinere ist auf den Jungen zu, der andere ist etwas zurückgeblieben und hat einen Spruch abgelassen, ich habe nur »Affe« verstanden. Der Kurze hat eine Frage gestellt, in der das Wort wieder vorkam. Ich habe gedacht, das wäre der Spitzname des Jungen, »der Affe«.

Dann ist alles sehr schnell gegangen. Der Kleine hat mit einem Ruck die Plane weggezogen. Das, was darunter war, hat einen komischen Schrei ausgestoßen.

Der Zwerg ist mit einem Satz zurückgesprungen und hat gebrüllt: »Ach, du Scheiße!«

Ich habe nicht verstanden, was er dann noch gesagt hat, weil der Zackenbarsch gleichzeitig »Scheiße!« geschrien hat. Das hat sich überlagert. Unter der Plane war etwas, das so aussah wie ein Mensch, aber auch wieder nicht ganz. Es war halb unter seiner Decke versteckt, und ich wollte lieber nicht genauer wissen, was es war. Wir waren zwar am anderen Ufer, aber schon von dem wenigen, was zu sehen war, konnte einem übel werden. Ein großer verbeulter Kopf mit einem Riesenmund, magere Arme, völlig verkrümmte Hände.

»Was ist das denn für 'n Film?«, hat der Zackenbarsch gefragt.

»Kein Spielfilm«, habe ich gemeint. »Eher was Dokumentarisches.«

Die beiden Idioten sind sofort abgezogen. Auch wenn sie sich jetzt aufspielten, so taten, als hätten sie sich gut amüsiert, und sich auf die Schulter klopften – sie hatten richtig Schiss gekriegt.

Nachdem die Clowns weg waren, habe ich den Typen beobachtet. Er half dem anderen, sich wieder richtig hinzusetzen. Ich habe gesehen, wie er mit ihm redete, seine Decke zurechtzog.

Wer mochte das wohl sein? Sein großer Bruder? Jedenfalls kümmerte er sich um ihn.

Vielleicht war er doch kein Drogensüchtiger. Auch nicht unbedingt ein Loser, der am Kanal rumhing, weil er nichts Besseres zu tun hatte. Vielleicht kam er einfach her, um auf andere Gedanken zu kommen.

Er ging langsam am anderen Ufer weiter, den Wagen vor sich herschiebend.

Der Zackenbarsch hat nicht gebellt, nicht »Hol's Bällchen!« geschrien. Er hat den Jungen nicht mit Bierdosen beworfen, er hat ihm nur schweigend nachgeschaut. Dann hat er sein Notizheft, seinen Kuli aufgehoben und sich wieder an seine Buchführung gemacht, unter Angabe von Tag, Woche und Monat.

Das Gespenst und seine Ladung müssen bis zur Schleuse weitergegangen sein, um da umzudrehen, denn eine Viertelstunde später waren sie wieder da. Das Verdeck war zurückgeklappt, ich konnte den in seine Decke gewickelten Kaulquappentyp undeutlich erkennen.

Wie üblich hat der andere nicht mal zu uns rübergeschaut.

Man könnte meinen, wir stinken.

Der Zackenbarsch war endlich fertig mit seinen Berechnungen – sechshundertachtundsiebzig plus fünf ist gleich … Er hat die Gesamtsumme in neutralem Ton verkündet, aber ich spürte doch einen gewissen Stolz mitschwingen: »Sechshundertdreiundachtzig.«

Ich habe Beifall geklatscht und gesagt: »Ein kleiner Schritt für dich, ein großer für deinen Leberkrebs.«

»Scheiße, bist du negativ! Du hast keinen Sinn für Kunst.«

»Ach so, das ist Kunst?«

»Ich verstehe nicht mal, wie du diese Frage stellen kannst. Natürlich ist das Kunst, bist du bescheuert, oder was? Siehst du nicht, dass das ein Konzept ist?«

Er hat die Nase und seine Hose hochgezogen.

Ich hatte ihn gekränkt, das war blöd von mir, also habe ich gemeint: »Na gut, in dem Fall … Es ist nur nicht gerade gesund, verstehst du?«

Er hat losgelacht. »Wovor hast du Angst? Dass ich mich totschufte?«

Ich musste auch lachen.

Was soll man sonst tun?

Wir sind beide schweigend am Wasser sitzen geblieben, der Zackenbarsch mit seinem Konzept und ich mit meiner Depression. Dann haben wir uns schließlich losgerissen, weil wir gegen sechs mit ein paar Kumpels in der Stadt verabredet waren.

Manchmal frage ich mich, warum der Zackenbarsch so viel Zeit mit mir verbringt.

Und manchmal ist es umgekehrt.

Warum verplempere ich meine Tage mit einem Typen, dessen einzige Leidenschaft darin besteht, sich wegen eines Kanalkonzepts die Gesundheit zu ruinieren?

Andererseits muss ich zugeben, dass es mich nie am Denken gehindert hat, neben ihm zu sitzen. Er gibt im Schnitt drei Wörter pro Stunde von sich. Und in der übrigen Zeit schlürft er sein Bier, murmelt vor sich hin, wirft seine Bierdosen ins Wasser, unter genauer Berechnung des Schusswinkels, um kein Material zu verschwenden. Und wenn er bei Laune ist, lässt er mich daran teilhaben: »Hast du diese Zielgenauigkeit gesehen?«

»Hä, was?«

»Ich schaffe es jetzt, in ein Feld von der Größe eines Taschentuchs zu treffen. Ich schieße wie ein Weltmeister.«

Die Vorführung folgt sogleich. Zack! Der nächste Wurf, perfekter Winkel, die Dose fliegt in den Himmel, sinkt, fällt ins Wasser und verschwindet in den Fluten.

»Hast du das gesehen?«

»Was?«

»Was?! Siehst du nicht, wie millimetergenau das war? Wenn man unter Wasser gucken könnte, wette ich, dass sie haarscharf auf den letzten beiden gelandet ist, die ich vorhin geworfen habe. Ist doch Wahnsinn, diese Technik, oder?!«

»Wahnsinn. Du solltest eine olympische Disziplin begründen, weißt du? Bierdosenweitwurf in verdreckten Kanal.«

»Du nervst. Du kannst dich für nichts begeistern.«

Der Zackenbarsch sagt das ohne jede Gehässigkeit, aber es ist die exakte Feststellung meines Gemütszustandes: Ich kann mich für nichts begeistern, Punkt. Und das von einem Typen, dem alles »pomade« ist, wie mein Vater sagen würde – ich habe übrigens nie verstanden, was das genau bedeuten soll –, von einem, dem alles komplett am Arsch vorbeigeht. Da ist die Diagnose umso schwerer zu schlucken.

»Und du kennst dich in Sachen Begeisterung aus, oder was? Du bist da der Mega-Spezialist?«

»Tut mir leid, aber das ist was völlig anderes. Mir ist alles scheißegal, okay, aber ich habe immerhin Projekte im Leben. Hier der Beweis!«

Dem habe ich nichts entgegenzusetzen. Man kann sich auf den Standpunkt stellen, dass es ein Projekt ist, eine Leberzirrhose zu kriegen, bevor man fünfunddreißig wird, okay. Darüber werde ich mich nicht mit ihm streiten.

Gleichzeitig verstehe ich genau, was er mir sagen will. Ich bin schon lange im Leerlauf, nichts bringt mich in Gang, nichts reißt mich vom Hocker. Es gibt nichts, was mich morgens aus dem Bett zieht. Sogar das Aufwachen finde ich schwierig.

Oder vielmehr: enttäuschend.

Der Zackenbarsch, der hätte Erfinder oder Genie werden sollen statt Elektroinstallateur mit Schwerpunkt Haushaltsgeräte. Ich habe nie jemanden gesehen, der so geschickt ist wie er, er könnte jedes x-beliebige Gerät reparieren, auch ohne es gelernt zu haben. Er hat sein Hirn in den Fingern. Aber das interessiert ihn nicht.

Was er eigentlich werden wollte, war Bergsteiger. Aber mit seinem Asthma und seinem Übergewicht – mal ganz abgesehen davon, dass er sich nicht gern anstrengt – war das kein Ziel, das besonders gut auf ihn zugeschnitten war. Als er mir das erste Mal davon erzählt hat, nach dem dritten Bier in einer Kneipe in der Innenstadt, bin ich fast geplatzt vor Lachen. Ich habe mich gerade noch beherrscht, als ich kapiert habe, dass es kein Witz war. Als er angefangen hat, von Basislagern zu reden, von Achttausendern, von Aufstiegen ohne Sauerstoff, leuchtete in seinem Blick etwas unheimlich Starkes auf. Etwas, das mir sagte, dass es ihm mit dieser Sache wirklich ernst war. Und dass es auch wehtat.

Und mir wurde ganz unwohl dabei, zu sehen, wie seine Hundeaugen hin- und herschweiften zwischen seiner Traumwelt und seinem Bild im Spiegel an der Wand gegenüber: ein dicker Typ mit schlaffem Gesicht, fahlem Asthmatikerteint, roten Säuferaugen und einer von Monat zu Monat höher werdenden Stirn, die der Platte seines Vaters in absehbarer Zeit in nichts nachstehen würde.

Da habe ich mir gesagt, dass ich wahrscheinlich manchmal den gleichen Blick habe, sogar ziemlich oft, seit ich Lola verloren habe. Den Blick von jemandem, der seine Träume aufgegeben hat.

Lola, das war mein Mädchen, meine große Liebe. Wir waren fast vier Jahre zusammen, und ich sage es nur ungern, aber das waren die schönsten meines Lebens. Dabei sollten die besten Jahre die letzten zehn sein, damit man nichts mehr bedauern muss.

Lola – ich liebte es, mit ihr einzuschlafen, Haut an Haut mit ihr aufzuwachen, die Dusche rauschen zu hören, wenn sie morgens vor mir rausmusste, und sie in der Wohnung wiederzufinden, wenn ich abends nach ihr nach Hause kam.

Sie ist das einzige Mädchen auf der Welt, für das ich Gedichte geschrieben habe, am Anfang unserer Beziehung, ohne mir blöd vorzukommen.

Du bist so schön wie der Tag
Du hast alles, was ich mag
Leben ohne dich
Meine Lola
Das könnt' ich nicht
Du bist so schön wie die Liebe
Wenn es doch immer so bliebe
Leben ohne dich
Meine Lola
Das könnt' ich nicht

Wenn ich sie ihr zu lesen gab, machte sie sich jedes Mal über mich lustig: »Pfff! Wie alt bist du noch mal – zwölf?«

Aber ich wusste, es gefiel ihr, sie freute sich darüber.

Sie klebte sie in ein Heft, das ich ihr zum Geburtstag gekauft hatte, mit einem Einband aus rotem Leder und eingestanzten Blumen. Ein großes Heft mit dicken Seiten aus körnigem Papier. Sie klebte da auch alle Fotos von uns hinein, sogar die schlimmsten, zum Beispiel wir zwei im Fotoautomaten, ich mit meiner Psychopathenfresse. Sie im Stadtpark, ihre peruanische Mütze tief in die Stirn gezogen, die ihr Dackelohren machte. Und Kinokarten, die Rechnung des ersten Restaurants, in das ich sie an einem Zahltag eingeladen hatte und aus dem wir völlig blank und halbtot vor Lachen wieder rausgekommen waren. Ein Zöpfchen, geflochten aus ihren und meinen Haaren – damals hatte ich eine Frisur wie ein Pony: an den Seiten rasiert und in der Mitte eine lange Mähne. Es klebten sogar die Eintrittskarten für eine Ausstellung darin, in die wir rein zufällig hineingestolpert waren, weil es in Strömen goss und wir den Bus verpasst hatten. Das ganze Museum war mit Marmor gepflastert, Stuck an den Decken, weiße Wände, Holzdielen und alte Leute, die aussahen wie Zombies in Zeitlupe und fast mit der Nase an die Erklärungen unter den Bildern stießen, das Ganze in völliger Stille. In einem Saal, das weiß ich noch, waren Bronzeskulpturen von Frauen mit riesigen Brüsten und dicken Hintern. Ich fasste ihnen an den Po und betatschte ihre Titten, ich tat so, als würde ich mir einen runterholen, um die alten Omas zu schockieren, und wir fanden das witzig, wir waren wie Kinder. Wir dachten, wir hätten das ganze Leben vor uns. Eine Wohnung, ein großes Bett, um uns zu lieben, und irgendwann später mal einen Haufen Kinder.

Aber damit hatten wir es nicht eilig.

Nur nutzt sich Tag um Tag alles ab. Und am Ende liebt man sich nur noch mechanisch, im Autopilotenmodus. Man ist weniger aufmerksam, weniger zärtlich. Man ist weniger da.

Ich habe Mist gebaut, und ich habe Lola enttäuscht.

Man sollte seine Freundin nie enttäuschen. Das habe ich zu spät kapiert.

Eine verliebte Frau kann alles wegstecken, oder fast alles. Sie kann ein ganzes Päckchen Taschentücher nass heulen und ihren Liebsten trotzdem mit diesem magischen Leuchten in den Augen anschauen, das ihn in ein anderes Licht taucht und ihn glauben machen kann, dass er superintelligent, unersetzlich, einzigartig ist. Weil sie, solange sie ihn liebt, selbst daran glaubt.

Aber an dem Tag, an dem die Scheinwerfer ausgehen, an dem Schluss ist mit dem Zauberlicht, an dem Tag, an dem sie sagt: »Ich gehe«, kann man ihr lebwohl sagen. Endgültig.

Wenn Frauen gehen, kommen sie nicht wieder. Blöd, aber ist so. Sie hinterlassen in tausend Stücke zerbrochene Typen, denen es im Nachhinein leidtut und die sich erdolchen könnten vor lauter Reue, dass sie Mist gebaut haben.

Typen, die dann wirklich allein dastehen.

An die Rolle des Liebsten kann man sich gut gewöhnen, finde ich. Wenn es dann vorbei ist, fehlt es einem. Die Tage sind plötzlich leer, haben zu viele Stunden. Wenn man seine Freundin enttäuscht, dann packt sie das Podest, das sie extra errichtet und mit einem schönen roten Teppich geschmückt hat, auf der Stelle wieder ein.

Ende der Vorstellung. Danke fürs Kommen. Auf Wiedersehen.

Und dann ist nichts mehr zu machen, um die Maschine zu retten, der Absturz ist garantiert. Man fällt tief, sehr tief, sinkt bis weit unter den Meeresspiegel und bleibt im Schlamm stecken.

Total erdölverklebt und manövrierunfähig.

Ich werde sie noch lange vor mir sehen, die Augen meiner Lola an dem Tag, an dem sie aufgehört hat, mich für den süßesten und tollsten Typen auf Erden zu halten.

Es ist das Gegenteil von den Geschichten, die man Kindern erzählt: Lola hat meine Kutsche mit einem Schlag in einen Kürbis verwandelt. Ich war ein Märchenprinz, ein lebender Gott, und zehn Minuten später habe ich mich in der schrumpeligen Haut einer gottverdammten Kröte wiedergefunden. Ich fühlte mich jämmerlich und voller Warzen. Ich kam mir mies vor.

Vielleicht ödet mich mein Leben deshalb so an. Nicht nur wegen der Dreitagejobs und der vielen Stunden, die ich am Kanal oder bei meinen Eltern rumhänge. Sondern auch wegen der Leere, weil ich auf niemanden warte. Weil niemand auf mich wartet.

Alle anderen sagen mir, Mädchen gäbe es wie Sand am Meer. Mir kommt das nicht so vor. Keine Einzige weit und breit – keine Einzige! –, die an Lola ranreicht.

An manchen Tagen möchte ich wieder Kind sein. Ich möchte wieder in die Schule gehen und um fünf Uhr schreiend rausgerannt kommen, die Arme weit ausgebreitet, um Flugzeug zu spielen, mit meinem riesigen Ranzen, der mir für später schon mal den Rücken kaputt macht. Ich möchte meine schulfreien Tage damit verbringen, Zeichentrickfilme zu gucken und mich mit Nussnougatcreme vollzustopfen oder mit meinem Gameboy zu spielen, bis ich Blasen an den Fingern kriege. Ich möchte mich für Goldorak-der-schneller-als-das-Licht-das-Universum-durchquert halten oder für Inspector Gadget, der gegen Doktor Kralle kämpft. Nicht um die Geschichte noch mal von vorn anzufangen, sondern um nicht mehr verliebt zu sein, um mir wieder sagen zu können, dass Mädchen blöd sind, und nicht zu verstehen, was die Großen an ihnen finden.

Um einfach meine Ruhe zu haben wie mit acht oder zehn. Mehr nicht.

Was das Älterwerden für Vorteile haben soll, ist mir zur Zeit schleierhaft.

Wie der Zackenbarsch sagen würde, der nie um eine gute Formulierung verlegen ist: Mir fehlt es ein bisschen an Perspektive.

Meine Kumpels sind fast alle in einer Beziehung, manche sogar verheiratet. Die Freundin von Stef ist schwanger, mein Bruder hat schon zwei Kinder. Meine Schwester zieht seit zwei Jahren das Kind von ihrem Freund groß. Sie haben fast alle einen Job, den sie zwar nicht unbedingt toll finden, aber so ist das Leben – man muss essen, für das Baby Windeln kaufen, Benzin fürs Auto, den Kredit für den Fernseher und den Computer abstottern.

Und ich, ich sitze da und schaue zu, wie das Wasser unter den Brücken durchfließt, in der Hoffnung, dass das Schicksal mir irgendwann auf die Schulter klopft. Wenn es so weitergeht, werde ich anfangen, an den Bierdosen vom Zackenbarsch zu reiben für den Fall, dass vielleicht ein Geist drin ist.

Ein Typ in meinem Alter sollte nicht so reden, ich weiß. Mit achtundzwanzig ist man erwachsen, da hat man abgeschlossen mit dem ganzen Blödsinn: Liebesgeschichten und Co., gutbezahlter Superjob, ein Leben wie im Traum. Lola und ich, so viel ist jetzt sicher, das war nicht fürs Leben.

Aber ohne sie ist es auch kein Leben.

Vor zwei Tagen haben wir uns abends bei Freunden zum Essen getroffen. Wir haben über Arbeitslosigkeit geredet, über die Krise, die Chefs, die Banker, die sich so viel wie möglich in die eigene Tasche stecken.

»Dass die nicht zusammenbrechen unter der Last!«, hat Sara, Stefs Freundin, gemeint und gelacht.

Gegen elf ist dann Lola mit dem Blödmann aufgekreuzt, mit dem sie seit ein paar Wochen zusammen ist. Einer von diesen unerträglichen Typen, freundlich, cool, sympathisch, den alle deine Freunde gern als Bruder und alle deine Freundinnen gern als Lover hätten.

Das hat mir mit einem Schlag die Laune versaut.

Ich schielte unauffällig zu ihr rüber. Wenn sie wenigstens dick geworden wäre oder sich mit der Gartenschere die Haare geschnitten hätte – aber nein, im Gegenteil: Ihre Schönheit wurde immer schlimmer.

Ab und zu begegneten sich unsere Blicke, ihrer glitt über mich hinweg, es war wie eine brennende Wunde.

Ich bin noch eine Weile in meiner Ecke sitzen geblieben, lange genug, um mich mit Whisky Cola Light zuzuschütten, den ich immer ohne Cola trinke. Dann bin ich gegangen, allein, würdig, wie ein *poor lonesome* Trottel. Draußen regnete es.

Ich hatte keine Lust, gleich nach Hause zu gehen. Die Freunde, bei denen das Essen war, wohnten am Stadtrand, deshalb hatte ich bis ins Zentrum ein ordentliches Stück Weg vor mir. Das war mir recht. Mir war schlecht vom Saufen und vom Liebeskummer, das musste alles verarbeitet werden.

Seit ein paar Monaten kriege ich, wenn meine Eltern mich besoffen nach Hause kommen sehen, eins aufs Dach, dass es kracht. Vor allem von meinem Vater. Er kommt einfach nicht damit klar, dass ich mit knapp achtundzwanzig immer noch bei ihnen wohne. Oder vielmehr, dass ich zu ihnen zurückgezogen bin.

Am Anfang lief alles bestens: Ich war gerade sitzengelassen worden und vollkommen fertig mit der Welt, da behandelten sie mich wie ein rohes Ei. Gedämpftes Licht, Verständnis, Schweigen. Aber nach und nach ging es mit dem Familienklima bergab. Und wenn ich jetzt nach Hause komme, ist die Zeitung auf dem Tisch ausgebreitet, alle Jobanzeigen fein säuberlich mit rotem Filzstift umrandet.

Mein Vater geht in zwei Jahren in Rente. Das wird das wenige, was er im Monat verdient, halbieren. Wenn mein Arbeitslosengeld ausläuft, werde ich ein hungriges Maul mehr sein, das er stopfen muss – ich kann verstehen, dass ihn dieser Gedanke frustriert. Wenn es nach meiner Mutter ginge, könnte ich noch zehn Jahre bleiben, sie hätte nichts dagegen. Alles lieber, als mit ihm allein dazusitzen, er ist nämlich von der wortkargen Sorte, und damit hat sie ihre Mühe. Aber auch wenn sie froh ist, ihren Kleinen wiederzuhaben, geht sie mir trotzdem auf den Senkel. Ich soll Bescheid sagen, wenn ich ausgehe, mich zurückmelden, wenn ich wiederkomme. Meine schmutzigen Klamotten in den Wäschekorb stecken, mein Zimmer aufräumen, mein Bett machen.

Das ist normal, ich weiß. Ich mag es nur nicht, wenn man mir das sagt. Ich möchte die Dinge erledigen, wann ich will. Oder eben nicht, dann ist das mein Bier. Ich habe das Gefühl, wieder ein Jugendlicher zu sein, und ich weiß noch gut, wie mich das angekotzt hat. Und heute ist es noch schlimmer, weil ich eine Weile allein gelebt habe und dann mit Lola.

Ich wäre gern anderswo, aber wo?

Ich wäre gern anderswo oder ein anderer. Jemand, der eines schönen Morgens die Tür hinter sich zumachen und weit weggehen könnte, den Kopf voller Pläne und einen Rucksack auf den Schultern, statt im Nest zu hocken und gefüttert zu werden. Ich komme mir vor wie ein alter Kuckuck, der nicht flügge werden will.

Ich brauche zu viel Platz.

Oder vielleicht ist es das Nest, das zu klein für mich ist.

Ich habe Schritte hinter mir gehört und eine Frauenstimme, die rief: »Cédric?«

Mein Herz ist stehengeblieben. Lola hat es sich anders überlegt, sie rennt auf mich zu, sie liebt mich noch immer, ich breite die Arme aus, und alles fängt von vorn an, *trallali, trallala*.

Ich habe mich umgedreht. Es war Maïlys, Stefs Cousine, die auch bei dem Essen war. Maïlys, die Klette. Sie ist seit mindestens einem Jahr hinter mir her. Ich kapierte nichts, Stef hat mich am Ende damit aufgezogen. Er hat gemeint, sie würde mir die ganze Zeit Schifffahrtsflaggensignale schicken, Notrufe.

Foxtrott-Kilo-Zulu.

Bin manövrierunfähig / Möchte Verbindung aufnehmen / Benötige einen Schlepper.

Das ist ein Code zwischen uns beiden, noch aus der Schulzeit, als wir Admiral werden wollten. Wir kannten die Signale und das Flaggenalphabet auswendig. Wir benutzten es, um Botschaften auszutauschen und unseren Lehrern Spitznamen zu geben.

Die Englischlehrerin, die schwer hinkte, hieß Yankee, *Ich treibe vor Anker*. Den Direktor nannten wir Uniform, *Ihnen droht Gefahr*, und den Französischlehrer, der austeilte, wo er nur konnte, hatten wir Bravo getauft, *Ich lade gefährliche Güter*.

Maïlys stand vor mir, die Schuhe durchgeweicht, die Haare angeklatscht wie bei einer Wasserleiche, das Gesicht ganz nass vom Regen und bald auch vor Kummer, das war abzusehen.

Es liegt nicht an ihr, sie ist niedlich und nicht blöd, aber sie ist eben nicht Lola. Wie soll ich ihr das erklären?

Sie hat eine Plastiktüte aus ihrer Tasche gezogen und mit ihrem schönsten Lächeln gesagt: »Du hast eben deinen Pulli vergessen.«

Ich habe den Pullover aus der Tüte genommen und gesagt: »Oh, danke, total nett von dir!«

Ich weiß, dass sie sich etwas anderes erhofft hat. Aber ich hab nichts Besseres zu bieten, sorry.

Ich habe ihr Küsschen auf beide Wangen gegeben und bin schnell gegangen, um nicht zu sehen, wie sie sich langsam auflöste wie ein Stück Zucker in einer Pfütze.

Warum ließ ich sie gehen? Warum dieses Quäntchen Gewissen, das noch zu schwer wog und mich daran hinderte, mit ihr zu vögeln?

Und vor allem die große Frage: Warum gefiel sie mir denn nicht, diese Frau, wenn ich ihr doch gefiel?

Wozu ist es gut, zu lieben, wenn es nicht auf Gegenseitigkeit beruht? Doch nur dazu, sich das Leben zu vermiesen.

Sie wird jetzt allein und geknickt nach Hause gehen und sich in dem dünnen Top, das an ihren kleinen Brüsten klebt, einen Schnupfen holen. Und ich werde ganz in der Nähe weiter Trübsal blasen.

Während wir uns doch ineinander hätten verknoten können, um ein Ganzes zu bilden, das widerstandsfähiger ist als die beiden Teile, aus denen es besteht.

Der Zackenbarsch hat recht, wenn er sagt, dass das Leben nicht zweckmäßig ist.

Ich habe mich und mein Herzweh weiter bis ins Zentrum geschleppt, um zu sehen, ob ein paar Kumpels in der Brasserie de la Gare rumhingen oder im Black Queen.

Das sind die beiden einzigen Kneipen, in denen nach ein Uhr morgens noch ein bisschen was los ist.

Das ist das Schöne an kleinen Provinzstädten: Nach Mitternacht trifft man auf der Straße nur noch Hunde und Katzen, die in Mülltonnen wühlen, und Typen, die zu besoffen sind, um nach Hause zu finden.

Ich hatte das Bedürfnis, unter Leuten zu sein, mit jemandem zu reden, egal mit wem, und einen starken Kaffee zu trinken. Schließlich bin ich im Black gelandet. Da saßen noch zwei traurige Gestalten ganz hinten im Saal, gut abgefüllt, und hinter dem Aquarium ein altes Ehepaar, das sich halblaut zoffte.

Der Alte sagte mit nicht besonders überzeugter Stimme zu seiner Frau: Ich werde dich verlassen, verstehst du? Versuch nicht, mich zurückzuhalten. Sie schaute ihn an, ohne mit der Wimper zu zucken, es schien ihr schnurzegal zu sein, und antwortete irgendetwas in der Art, dass sie es schon immer gewusst hätte.

»Ich werde dich verlassen, verstehst du?«, wiederholte der Alte leise.

Er sagte es immer wieder, in allen Tonlagen, und ich fand es nicht besonders toll, so plump darauf rumzureiten. Und sie, wie ein Papagei, antwortete jedes Mal, dass sie es schon immer gewusst hätte.

Sie schienen unfähig zu sein, zu etwas anderem überzugehen.

Ich habe mir gesagt, dass es doch todtraurig ist, sich so zu verlassen.

Ich hatte nicht so richtig Lust, mich in ihrer Nähe an einen Tisch zu setzen, deshalb bin ich lieber an den Tresen gegangen.

Und da habe ich ihn gesehen.

Ich habe ihn sofort erkannt, an seiner Haltung, den Klamotten, an der Sweatshirtkapuze, die bis über die Augen hing. Er kehrte mir fast den Rücken zu und schaute auf den Fernseher, der in einer Ecke der Kneipe hing, es lief die Übertragung eines Fußballspiels. Er trank ein Bier.

»Was darf's sein?«, hat mich die Bedienung gefragt.

»Äh … weiß nicht. Ein Espresso. Oder, nein: besser ein normaler Kaffee!«

Als ich ihn gesehen habe, musste ich gleich wieder an den Typ auf der Karre denken. An diesen albtraummäßigen Anblick. In dem Moment hat er sich umgedreht und sich wieder gerade an den Tresen gesetzt. Anscheinend interessierte ihn das Fußballspiel nicht so brennend.

Unsere Blicke sind sich im Spiegel begegnet.

»Hallo«, habe ich gesagt.

Er hat den Blick von meinem Spiegelbild gelöst, sich langsam zu mir umgedreht und mit krächzender Stimme, als wäre er noch im Stimmbruch, geantwortet: »Hallo. Kennen wir uns?«

Ich saß kaum einen Meter von ihm entfernt, aber ich konnte sein Gesicht nicht gut erkennen, wegen der blöden Kapuze, die Schatten warf, und der mickrigen Beleuchtung, die sie seit ein paar Jahren in allen Bars anbringen, um eine gemütliche Atmosphäre zu schaffen und *Irish Pub* auf die Neonanzeige schreiben zu können. Ich sah nur sein Kinn, das glatt war wie ein Babypopo, die Piercings, die in seinen Augenbrauen aufblitzten, und seinen harten, finsteren Blick, der nicht gerade einladend wirkte. Ich habe gesagt: »Ich hab dich öfter vorbeigehen sehen.«

»Vorbeigehen?«

»Am anderen Kanalufer.«

»Ach, ja, stimmt. Jetzt erkenne ich dich wieder.«

Schweigen.

Es war irgendetwas Unheimliches an ihm. Dabei habe ich eigentlich keine Angst vor Jugendlichen, vor allem wenn sie allein und kleiner sind als ich. Er schien nicht unter Acid zu stehen oder sonst irgendwie gefährlich zu sein. Nein. Da war nur irgendetwas Komisches, das ich nicht durchschaute. Aber ich tauchte andererseits auch gerade erst aus einem Vollrausch auf, nachdem ich einen beschissenen Abend lang meiner Ex dabei zuschauen durfte, wie sie mit einem Möchtegern-Brad-Pitt Händchen hielt. Da war es sicher normal, dass mir nichts glasklar erschien.

Ich musste wohl zum Abschluss des Tages noch das Bedürfnis nach einer Faust in der Fresse haben, denn ich habe mich gehört, wie ich plump fragte: »Wer war denn der Typ, den du neulich dabeihattest?«

»...«

»Der Typ auf der Karre, weißt du nicht mehr? Ist das dein Bruder?«

Er hat ein genervtes Zungenschnalzen von sich gegeben. »Hör zu, wir machen einen Deal: Ich bezahl dir deinen Kaffee, und du vergisst mich, okay?«

Mir blieb die Spucke weg. Ich ließ mich von so einem kleinen Scheißer abservieren und saß da, ohne irgendwas zu tun?

Klar, was sonst? Es war eben so ein Tag, an dem jeder auf mir herumtrampelte. Tiefer konnte ich nicht mehr fallen.

Ich habe gesagt: »Entschuldige, ich wollte mich nicht einmischen … Geht mich ja nichts an. Vergiss es einfach!«

Er hat kurz gelächelt und dann etwas weniger schroff gemeint: »Er heißt Gérard. Und er ist nicht mein Bruder.«

Da habe ich ihm die Hand hingestreckt, ich weiß nicht, warum: »Cédric.«

Er hat mich zwei Sekunden lang mit einem Laserblick seziert, dann hat er geantwortet: »Ich bin Alex.«

Er hatte noch eine Kinderhand, klein und länglich, mit sehr zarten Fingern.

Er hat gesagt: »Tschüss dann, ich geh schlafen. Ich muss morgen früh arbeiten.«

»Ja, ich auch. Ich meine, ich gehe auch heim. Ich hab zur Zeit keinen Job. Wo arbeitest du?«

»In der Coopav.«

»Ach, bei den Hühnern?«

»Ja. Tschüss.«

Er hat die beiden Getränke bezahlt, ohne mich anzuschauen. Ich weiß nicht, warum. Ich weiß nicht einmal, ob er mein »Danke« gehört hat. Er sah aus, als wäre ihm alles egal. Er hat sich die Kapuze noch tiefer in die Stirn gezogen und ist durch die Tür hinaus, ich habe ihm nachgeschaut. Vor dem Bahnhof ist er links abgebogen und in Richtung Brücke gegangen. Draußen goss es in Strömen.

Ich hörte den Regen nicht, wegen der Claude-François-CD, die weiterlief, aber ich konnte dicke Tropfen aus der Regenrinne runterklatschen sehen. Zur Abwechslung mal ein Scheißwetter.

Eines Tages werde ich im Süden leben, wenn ich nicht vorher vermodere.

Ich habe in Ruhe meinen Kaffee getrunken.

Die junge Frau hinterm Tresen gähnte, dass sie sich fast den Kiefer ausrenkte, sie wirkte völlig fertig, rote Augen mit braunen Ringen drunter, ein kleines Gesichtchen, so zerknittert wie ein Kopfkissenbezug nach einer schlaflosen Nacht. Sie hat mich angelächelt und versucht, ein bisschen mit mir zu scherzen, aber sie war nicht bei der Sache, ich auch nicht.

Die beiden Säufer, die ganz hinten saßen, sind gegangen. In der Tür haben sie fröhlich gegrölt: »Wiedersehen, Lulu, bis bald!«

Die Frau hat ihnen zugezwinkert und geantwortet: »Schönen Abend noch, kommt trocken nach Hause!«

Dann ist sie nach hinten gegangen, um ihre Gläser abzuräumen und den Tisch abzuwischen.

Das Ehepaar sagte nichts, die beiden schauten sich nicht mal mehr an.

Die Alte tat so, als würde sie sich für die Goldfische interessieren, die träge im Aquarium schwammen. Der Alte drehte sich eine Zigarette und schaute grimmig drein.

»Verdammt, ist das schwer!«, hat er schließlich gesagt.

»Wir schaffen es schon, wir nehmen uns einfach die Zeit, die es braucht.«

Ich fand es ziemlich nett von der Alten, dass sie ihn aufmunterte, nachdem er sie gerade verlassen hatte.

»Wir schließen bald, meine Herrschaften!«

Ich habe meinen Kaffee ausgetrunken und mir vor dem Spiegel die Haare zurechtgestrichen.

Scheiße, habe ich mir gesagt, was hab ich denn für 'ne Fresse?

Roswell war begeistert von unserem Ausflug zurückgekehrt, durchgefroren, Nase und Wangen knallrot, nachdem er den ganzen Heimweg über ein Lied gegrölt hatte, das nur er kannte.

Als wir durch das Gartentor kamen, habe ich gesehen, wie ein Vorhang diskret angehoben und dann gleich wieder fallen gelassen wurde.

Marlène schien nach uns Ausschau zu halten.

Ich habe Roswell auf die Beine geholfen, ganz allmählich, weil er total eingerostet war. Man muss ihn oft bewegen, sonst wird er steif wie eine Schaufensterpuppe.

Wir sind Arm in Arm in die Küche gegangen, wobei er von einer Seite zur anderen schwankte und ich versuchen musste, ihn sowohl am Stolpern zu hindern als auch ein kleines Stück vorwärtszukriegen.

Er war vollkommen aus dem Häuschen.

Er schrie auf Roswellsch: *Wir haben den Kanal gesehen! Wir haben den Kanal gesehen!*

Man hätte meinen können, er wäre auf dem Mond gewesen.

Ich habe mir gesagt, dass er schon lange nicht mehr draußen gewesen sein musste. Vielleicht sogar noch nie, wer weiß?

»Wenn du ihn mir so aufgekratzt wieder zurückbringst, hättest du dir das sparen können«, hat Marlène gemotzt.

Ich habe Roswell zu seinem Sessel begleitet und ihm geholfen, sich zu setzen.

Marlène ist explodiert: »Den lässt du mir aber nicht da wie ein Hund seine Scheiße!«

Wenn Marlène ihren Anfall kriegt, ist nichts zu machen. Es kommt plötzlich und unaufhaltsam, ein Hagelschauer, der eine Spur der Verwüstung hinterlässt. Wenn es sie packt, findet sie mühelos einen Grund loszubrüllen, und wenn sie ihn sich aus den Fingern saugen muss. Wut und Ärger machen sie erfinderisch.

»Als Erstes räumst du mal deine Kiste in den Schuppen, statt sie einfach vor dem Eingang stehenzulassen. Mein Garten ist nämlich keine Müllhalde!«

Ich habe mir Zeit genommen, um Roswell auszuziehen, der in seinem dicken Parka, mit dem Schal und der Mütze schon krebsrot anlief.

Dann bin ich hinausgegangen, um die Karre zu parken, und habe bei der Gelegenheit gleich die Sitzfläche und die Lehne ausgemessen im Hinblick auf die Verbesserungen, die ich hier vorhatte.

Der Tag war noch lange nicht zu Ende, und ich hatte nicht die geringste Lust, Marlène weiter zu ertragen. In meiner Miete ist die Geduld, die es braucht, um ihre Launen auszuhalten, nicht inbegriffen.

Ich hatte das Bedürfnis, mich zu bewegen, meinen Kopf ordentlich durchzulüften.

Bertrand kam gerade mit dem Fahrrad aus der Fabrik. Als er mich am Gartentor gesehen hat, ist er stehen geblieben. Seine Bremsen quietschen ganz scheußlich, aber er will sie auf keinen Fall fetten, weil sie ihm die Hupe ersetzen.

Er ist abgestiegen, hat »Hallo, wie geht's?« gesagt, den Mund schief gezogen, die ewige Kippe im Mundwinkel, von der er schon eine gelbliche Spur auf der Haut hat.

»Arbeitest du heute nicht?«

»Ist mein Ruhetag.«

»Ach so. Gehst du ein bisschen aus? Kumpels treffen?«

»Ich geh in die Stadt.«

»Ich sag dir was: Wenn man jung ist, muss man sich amüsieren. Hab ich nicht recht?«

»Doch, doch.«

Bertrand hat mir zugenickt, mit seinem abwesenden Blick und dem leeren Lächeln.

Man meint immer, er denkt nach und wird sicher gleich noch etwas sagen, etwas unheimlich Wichtiges, das er unbedingt loswerden will. Aber nein, er schweigt.

Er schweigt, und das war's.

Ich werde nicht für immer hier bleiben.

Mein Job ist in knapp sechs Wochen zu Ende, und ich bin nicht gern lange am selben Ort. Wenn mein Vertrag ausläuft, packe ich meine Siebensachen und mache mich wieder auf den Weg.

Was es hier zu sehen gibt, habe ich gesehen. Also ziehe ich weiter.

So habe ich es immer gemacht, seit ich vor zwölf Jahren bei meinen Eltern ausgezogen bin. Nie länger als sechs Monate irgendwo. Meistens weniger. Weggehen und sich nicht binden, die Leute und die Städte hinter sich lassen. Ich war nie länger als ein paar Wochen mit einem Typen zusammen. Oft bin ich allein. Aber das macht mir nichts aus.

Meistens jedenfalls. Ich habe keine Lust, zu jemandem zu gehören, zu warten oder brav zu sein.

Ich habe immer geglaubt, dass etwas in mir den richtigen Moment spüren wird, um damit aufzuhören. Es wird sicher eine Begegnung sein, jemand, der den Wunsch in mir weckt, sesshaft zu werden, ein Baby zu haben. Vielleicht kommt auch niemand, oder ich erkenne ihn einfach nicht. Vielleicht werde ich die Abzweigung verpassen, und es wird nie etwas geben wie *Unsere kleine Farm*, mit Feuer im Kamin, Marmeladenduft, dem Mann fürs Leben. Sondern nichts als vergängliche Liebschaften, Irrwege.

Im Moment ist das aber alles kein Thema.

Ich glaube, ich habe schon so ziemlich überall in Frankreich gearbeitet, und nicht nur da. Ich habe in England gelebt, in Irland, in Belgien, in Spanien und Italien, in Holland und in Deutschland.

Ich habe alle Jobs gemacht, die man in meinem Alter machen kann, wenn man keine Ausbildung hat, ungebunden ist und die Arbeitszeiten egal sind. Kellnern oder Tellerwaschen, auf Märkten verkaufen, Pizzen liefern, Babysitten, Haushalt, Empfang, Hunde spazieren führen, Wäscherei, Büros, Schulen und Krankenhäuser putzen, Flugblätter verteilen und jetzt die Fabrik.

Manchmal kommt es mir vor, als wäre mein Leben ein großes Gebäude, das aus unzähligen Räumen besteht. Ich besichtige sie nacheinander. Ich gehe vorwärts und kann niemals umkehren. Jedes Mal, wenn ich eine Tür aufmache, tauche ich in eine neue Szenerie ein.

Das nächste Mal geht's in Richtung Süden, ich brauche Sonne. Ich werde die Hühnerfarm und ihren Gestank, Marlène und ihren Groll, Bertrand und seine Windeier hinter mir lassen. Roswell wird weiterleben wie bisher.

Es wird sich nicht viel ändern in seinem Leben, abgesehen von den Gutenachtküsschen und den Spazierfahrten. Er wird wahrscheinlich keine Gedichte mehr aufsagen, weil niemand sie hören will. Ich kann mir jedenfalls nicht vorstellen, dass Marlène sich zu ihm ans Bett setzt und sich Zeit nimmt, ihm zuzuhören, seine Reime zu übersetzen, sie mit ihm zusammen zu sprechen.

Wer kann sagen, ob es ihm fehlen wird? Wer kann wissen, inwieweit Roswell die Dinge wirklich versteht? Vielleicht hat sein Bruder letztlich recht, und Roswell ist nur ein Papagei, der die Wörter wiederholt, ohne die Sätze zu verstehen.

Ich wäre mir da gern sicher.

Ich bin überzeugt, dass Marlène und Bertrand in ihrer ganzen Dummheit nie entschlossen genug sein werden, um ihn wirklich auszusetzen, nicht einmal für eine Woche. Das ist eine hirnrissige Idee. Marlène muss einfach hin und wieder ein bisschen träumen, sich vorstellen, dass sie tun und lassen könnte, was sie will. Auch wenn ihre Träume verdammt schäbig sind und auf Roswells Kosten gehen.

Man klammert sich eben an das, was man hat.

Bei ihr ist es das Unglück der anderen.

Aber wenn sie eines Tages anfinge, tatsächlich daran zu glauben? Wenn sie am Ende wirklich denken würde, es wäre möglich, dass sie und Bertrand, wenn sie den Döskopp am Straßenrand vergessen, einen wunderbaren Traum wahr machen könnten, in die Berge reisen und die Eiergondelbahn nehmen?

Ich weiß, dass Bertrand seinem Bruder nichts zuleide tun könnte, auch wenn er schwachsinnig und eine Last ist. Aber Bertrand ist ein Feigling. Und das Problem mit Feiglingen ist, dass man nie weiß, vor wem sie am Ende einknicken. Ihm kommt es nur darauf an, keinen Ärger zu haben. Nichts, was in seiner Pfütze, in seinem Wasserglas Wellen machen könnte.

Vor wem wird er letztendlich mehr Angst haben? Vor der Polizei oder vor seiner Frau?

Ich bedaure es wirklich, dass Roswell mir über den Weg gelaufen ist. Ich konnte sehr gut ohne seinen Hundeblick und sein Gesabber leben.

Er erinnert mich an Gold, meinen Labrador. Stunden habe ich damit zugebracht, ihm Spritzen zu geben, seine Verbände zu erneuern, ihm gut zuzureden, nachdem er unter die Räder eines Lieferwagens geraten war. Für die Notoperation beim Tierarzt war mein ganzes Sparschwein draufgegangen, aber das war mir egal.

»Du musst loslassen!«, sagte meine Mutter immer wieder. »Er wird sterben, das siehst du doch.«

Es waren Stunden, in denen ich auf seinen Atem neben mir gelauscht habe, seine Zunge spürte, die schüchtern an meinem Arm leckte, seine knochige Pfote auf meinem Bein, seine harten Krallen auf meiner Haut, seine trockene, fieberheiße Schnauze an meiner Schulter. Er und ich lagen aneinandergeschmiegt da wie zwei Welpen, Bruder und Schwester aus dem gleichen Wurf.

Er schaute mich aus dem Augenwinkel an, während ich ihm seine Spritzen gab. Kein Seufzer, kein Wegzucken, ich sah, wie er erschauerte, wie er sich versteifte, ich wusste, dass es in ihm brannte, ihn zerriss, dass in seinem Inneren alles Matsch war.

Jeden Abend sagte ich mir, wenn ich am nächsten Morgen aufwachen würde, wäre er tot. Ich versuchte, nicht zu schlafen, neben ihm zu wachen, um seine letzte Stunde hinauszuzögern.

Der Tierarzt war nicht gerade optimistisch gewesen: »Die Chancen, dass er überlebt, stehen eins zu fünf, und auch das nur, weil er jung und gesund ist. Sonst hätte ich dir gleich geraten aufzugeben. Aber wenn es bis Ende nächster Woche keine Fortschritte gibt, bring ihn wieder her, dann schläfere ich ihn besser ein.«

Konnte er sich überhaupt vorstellen, wie weh es tat, auch nur eine Sekunde lang sein Ende ins Auge zu fassen?

Mit Goldy bin ich aufgewachsen, wir hatten uns als Welpen kennengelernt.

Meine Brüder waren traurig. Doch ich war verzweifelt. Aus Angst um ihn habe ich viel mehr geweint als beim Tod meines Vaters.

Er hat sich schließlich erholt, aber nicht ganz. Er hinkte, sein Hinterteil blieb lahm, ich habe ihn nie wieder mit fliegenden Ohren und heraushängender Zunge auf mich zurennen sehen. Er ist bejammernswert und anfällig geworden. Ich habe ihn deswegen umso mehr geliebt.

Und ich habe damals beschlossen, mich nie wieder an jemanden zu binden, weil es zu weh tut, sich um diejenigen zu sorgen, die man liebt.

Ich war achtzehn.

Deshalb verstehe ich Marlène sehr gut, wenn sie sagt, dass Hunde einem den größten Kummer bereiten können.

Roswell hat die gleiche Wirkung auf mich, deswegen muss ich gehen. Es ist eine unnötige Bindung.

Und ich hasse es, angekettet zu sein.

Wenn man Roswell irgendwo aussetzen würde, wäre er nicht in der Lage zu sagen, wo er herkommt. Wahrscheinlich weiß er nicht mal, wie die Stadt hier heißt.

Ich stelle mir vor, wie er an einer Bushaltestelle auf einer Bank sitzt oder einfach am Straßenrand und dem davonfahrenden Auto von Marlène und Bertrand hinterherschaut.

Roswell, wenn es dunkel wird.

Roswell ohne seinen Fernseher. Ohne sein Bett. Ohne seine Nuckeldecke. Ohne die kleine Nachttischlampe. Wie er vielleicht seine Gedichte vor sich hin brabbelt. Oder mutterseelenallein falsch singt.

Verflucht.

Er müsste wenigstens eine Chance haben, wenn diese angekündigte Sauerei wirklich passieren sollte.

Deshalb bringe ich ihm seinen gesamten Personenstand inklusive Adresse bei. Und ich lasse ihn seine Lektion jeden Abend wiederholen.

Seinen Namen kennt er natürlich. Seit ich da bin, habe ich festgestellt, dass er alles Mögliche weiß, viel mehr, als ich gedacht hätte.

Ich werde nie herausfinden, wie weit Roswells Weisheit wirklich reicht. Ich werde nie bis zu seinen tatsächlichen Grenzen vordringen: Bald bin ich wieder weg, meine Zeit wird nicht reichen. Was ich aber weiß, ist, dass es ganz schön viel Übung braucht, um seine exotische Sprache zu entschlüsseln.

Das normale Roswellsch ist wie codiertes Chinesisch.

Also wiederholen wir das Ganze jeden Abend vor dem Schlafengehen. Er bemüht sich, mit eisernem Willen.

Aber es ist total bescheuert. Roswell ist nicht Gold. Er ist ein Mensch. Ein Erwachsener. Sein Vorname ist Gérard. Er ist älter als ich. Er hat eine Vergangenheit, die in seinem Kopf eingeschlossen ist. Vielleicht auch tiefsinnige Ideen, überwältigende Gefühle, eigene Gedanken über das Leben.

Und da komme ich daher und bringe ihm bei, Sachen aufzusagen, als wäre er vier Jahre alt, und korrigiere seine Aussprache. Ich spiele Logopädin.

An manchen Abenden erinnert er mich an ein abstraktes Gemälde, in seinem Bett sitzend, den krummen Rücken mit Kissen abgestützt, mit dem dünnen Hühnerhals, der aus dem Schlafanzug ragt, und dem spitzen Adamsapfel, der jedes Mal hoch- und runterrutscht, wenn er es schafft, seine Spucke zu schlucken, statt sie auf den Kragen tropfen zu lassen. Roswell ist wie ein dreidimensionaler Picasso.

Er lässt mich keine Sekunde aus den Augen, und in diesen Momenten kommen mir Zweifel.

Geht das von ihm aus oder von mir? Es kommt mir vor, als würde ich eine undeutliche Besorgnis in ihm spüren. Vielleicht ist es nur die Angst, mich zu enttäuschen und kein guter Schüler zu sein. Vielleicht ahnt er auch, dass ich weggehen werde.

Er spricht mir nach. Ich korrigiere ihn. Und das alles für nichts und wieder nichts. Hoffe ich jedenfalls. Egal, ich mache weiter. Dann werde ich mir einreden können, ich hätte etwas für ihn getan. Mit ruhigem Gewissen weiterziehen und mir sagen, dass ich »meine Pflicht erfüllt« habe (wie ich diesen Ausdruck hasse!).

»Ichheiff Schérard Schhanschheff.«
»Sanchez!«
»Schhanschhesss.«
»Sssanchez! Streng dich an, los! *SSS*anchez!«
»Mja: Schhanschhesss!«
»Na gut. Und wo wohnst du?«
»Schleuffenfeg.«
»Schleusenweg, genau. Welche Hausnummer?«
»Achfehn.«
»Super!«
»Sssuper!«
»Ja.«

Ganz toll.

Ich bin einfach los und habe dann unterwegs beschlossen, einen Abstecher in die Stadt zu machen.

Ich bin durch den La-Fontaine-Park gegangen, es wurde langsam dunkel, die Kinder waren schon alle zu Hause, es waren nur noch ein paar Liebespärchen da und zwei, drei Alte, die es nicht eilig hatten, zurück ins Heim zu kommen. Und kleine Grüppchen von Jugendlichen.

Ich sehe sie oft hier rumhängen, sie hocken stundenlang schweigend nebeneinander auf den Banklehnen. Abends findet man sie in den Kneipen der Stadt wieder, und wenn sie betrunken genug sind, gehen sie in die Disko. Der Alkohol ist dort ziemlich teuer, und man sollte schon halbwegs blau sein, um wirklich einen draufzumachen und sich zu trauen, jemanden aufzureißen, wenn man schon mal da ist.

Jung zu sein in diesen sterbenden Städten – immer weniger Jobs, immer weniger Kohle – muss verdammt deprimierend sein. Ich glaube, da bin ich lieber dreißig.

Auf der Hauptstraße ist mir dann Vanessa entgegengekommen, die mit mir in der Fabrik arbeitet. Sie hat mir zugewunken, sie war mit ihrem Kerl unterwegs und wollte ihn mir vorstellen.

Wir sind etwas trinken gegangen, gleich gegenüber vom Park. Ihr Freund hat mich mit den Augen ausgezogen, ruck, zuck, und mich dann keines Blickes mehr gewürdigt. Nicht genug Busen, nicht genug Hintern.

Ich hatte ihn genauso schnell abgecheckt: Skilehrertyp, Macho, arrogant bis zum Anschlag.

Während Vanessa und ich uns unterhielten, begaffte er hemmungslos und seelenruhig alle Frauen um uns herum. Einer hat er sogar hinterhergepfiffen. Unser Gespräch langweilte ihn, und er machte ein genervtes Gesicht. Er spielte mit seinem Autoschlüssel, ließ ihn in seiner Handfläche auf und ab hüpfen, wodurch sein Namensarmband auf dem Blechtisch klapperte. Er seufzte zwei, drei Mal. Dann schaute er auf seine Uhr, ein schönes Modell, ganz aus blitzendem Stahl, mit einem Haufen verschiedener Anzeigen, damit er auch ja genau weiß, wie spät es in Moskau und in Wien ist, wenn er hier um acht Uhr pinkeln geht. Wasserdicht bis mindestens hundert Meter, was er bestimmt jeden Tag ausnutzt. Es tat ihm sicher leid, dass er den Preis nicht drangelassen hatte. Die geballte Blödheit, der Typ. Die reinste Karikatur.

Auf einmal hat er uns dann einfach unterbrochen und gemeint, das Fußballspiel finge bald an und wir würden hier ja wohl nicht Wurzeln schlagen wollen.

Vanessa hat schwach protestiert: »Warte, wir können uns doch mal fünf Minuten unterhalten!«

Da hat er gesagt: »Reiß das Maul nicht so weit auf, nur weil deine Freundin dabei ist, klar?«

»Aber warte, wir können doch ein bisschen reden!«, hat Vanessa entgegnet, im gleichen Ton.

Sie schaute mich mit einem kleinen Lächeln an, das vertraulich sein sollte, ein klägliches, tristes Lächeln, das mir zu sagen versuchte: Ach, er spielt sich auf, aber er ist nicht bösartig, das ist eben seine Art. Männer, du weißt ja …

Da ist er plötzlich aufgestanden und hat gesagt: »Ich hau ab, du bleibst hier oder kommst mit, ist mir scheißegal.«

»Aber waaarte doch!«

Vanessa hatte keine weiteren Argumente.

Er hat sie von oben bis unten angeschaut, mit einem irren Besitzerblick, der es mir eiskalt den Rücken runterlaufen ließ.

Dann hat er angefangen, laut zu zählen, mit den Fingern: »Eins … zwei …«

»Okay, ist ja gut, ist ja gut! Dann geh ich mal besser, Alex. Wir sehen uns morgen, ja?«

Der Idiot war schon losgestürmt, mit großen Schritten, ohne sich auch nur zu verabschieden. Was für ein Arschloch!

Vanessa hat in aller Eile ihre Sachen eingesammelt, Jacke, Schal, Tasche. Sie hat gemeint: »Es ist wegen dem Spiel, verstehst du?«

Ich habe ihr zugezwinkert: »Na klar, mach dir keinen Kopf!«

Und sie ist auf ihren zehn Zentimeter hohen Absätzen hinter ihm hergetrippelt, in kleinen Schritten wegen des engen Rocks, und hat dazu gejammert: »Warte doch auf mich, Mickaël, he, waaarte!«

Er ging weiter, ohne sich umzudrehen, um deutlich zu zeigen, wer der Herr im Haus ist. Sie lief hinter ihm her wie ein Hündchen. Ich habe mich gefragt, was wohl passiert wäre, wenn sie nicht aufgestanden wäre, nachdem er »zwei« gesagt hatte. Wenn sie Widerstand geleistet hätte.

Aber da bestand keine Gefahr: Tyrannen haben einen Riecher dafür, die richtigen Sklaven zu finden.

Wie viele Menschen abonnieren aus Versehen das Unglück und kündigen dann nie mehr?

Ein paar Tage später bin ich abends in der Stadt geblieben.

Ich habe bei Ilhan gleich neben dem Bahnhof einen Döner gegessen.

Eine kleine Musikgruppe hat da gespielt, ein Trio, zwei an der Oud, einer an der Saz. Drei gutaussehende junge Männer mit dunklen Blicken, die in ihr Spiel versunken waren. Einen von ihnen hätte ich gern für den Rest des Abends mitgenommen.

Früher konnte ich mir orientalische Musik nicht länger als fünf Minuten anhören, ich fand den Klang jämmerlich, wehleidig. Ich habe sie erst in Deutschland lieben gelernt. Da arbeitete ich mit Türken in einer Wäscherei, ich wohnte auch mit ihnen zusammen, und nachts machten sie in unserer Bude Konzerte.

Manchmal zwingt einen das Leben, Dinge dazuzulernen, und das ist gut so.

Bevor ich mich auf den Heimweg gemacht habe, bin ich noch auf ein Bier in den Pub neben dem Bahnhof gegangen.

Es war ruhig, abgesehen von zwei leicht besoffenen Typen in einer Ecke, von der friedlichen Sorte. Und dann war da auch wieder dieses ältere Paar, das hinter dem Aquarium tuschelte. Die beiden habe ich schon ein paar Mal gesehen.

Die Kellnerin hat mir erzählt, dass sie in einer Laientheatergruppe spielen, die in sozialen Einrichtungen auftritt. Sie kommen oft her, um ihre Rollen einzustudieren. Sie sind witzig, vor allem sie. Einmal habe ich gehört, wie die beiden eine Liebesszene probten, sie bekam ständig Lachanfälle.

An diesem Abend waren sie mit einer weniger komischen Szene beschäftigt, einem Streit, und sie hatten offensichtlich Probleme damit. Der Alte motzte, wie immer. Er versuchte auf alle mögliche Arten zu sagen: *Ich werde dich verlassen, verstehst du, versuch nicht, mich zurückzuhalten.*

»Tut mir leid, ich krieg das nicht hin! *Ausdruckslos und unbeteiligt* soll ich das sagen. *Ich werde dich verlassen, verstehst du, versuch nicht, mich zurückzuhalten.* Ach, Scheiße!«

Sie sagte, klar, es wäre nicht immer einfach mit diesen zeitgenössischen Stücken, aber auf der Bühne würde es super werden, ganz sicher. Sie versuchte, auf ihr Stichwort zu antworten: »Ich dachte es mir schon, ich wusste es, ich glaube, ich habe es immer gewusst. *Halblaut und zurückhaltend.* Hmm … Stimmt schon, das ist nicht ohne. Spielen wir die Stelle ein paarmal hintereinander durch, ich habe sie auch noch nicht so richtig im Gefühl.«

»Okay. Ich werde dich verlassen … Ich werde dich verlassen, versuch nicht … ach! Mist … Ich werde dich verlassen, verstehst du, versuch nicht, mich zurückzuhalten …«

Ich hatte mich an die Bar gesetzt, halb abgewandt, um sie nicht zu stören, mir aber auch nichts entgehen zu lassen. Ich war noch nie im Theater, außer einmal mit der Schule. Es beeindruckt mich, zu sehen, wie Leute einfach in eine andere Haut schlüpfen, als würden sie einen Pulli überziehen. Wie sie so tun, als würden sie ein anderes Leben leben, vor unseren Augen, und es schaffen, uns zu überzeugen, dass die eine Tür in der Kulisse zur Straße rausgeht und die andere in den Garten. Ich finde das viel stärker als im Kino, weil es keine Spezialeffekte gibt, keinen Zoom und keine Supertotale, keine Begleitmusik. Nur zwei, drei Schauspieler auf Brettern vor einem gemalten Hintergrund. Männer und Frauen, drei

Meter vor uns, die Worte sprechen, die kein Mensch sagt. Seltene oder alte Worte, die sich oft reimen, aber manchmal ungereimt klingen. Und die einem trotzdem Tränen in die Augen treiben.

Im Theater ist es wie im echten Leben, da gibt es keinen Probelauf, man kann nicht sagen: »Klappe, die Szene noch mal!« Wenn der Vorhang aufgeht, ist es ernst. Schummeln gilt nicht.

So weit war ich mit meinen Überlegungen, als ich mich umdrehte, um mein Bier zu trinken, und im Spiegel hinter dem Tresen einen Typen sah. Er hatte sich auf einen Hocker direkt neben mir gesetzt. Er hat mir zugelächelt und hallo gesagt.

Ich habe mich zu ihm umgedreht. Ich habe ihn nicht gleich erkannt, wahrscheinlich weil ich ihn hier nicht erwartete. Wahrscheinlich auch, weil ich ihn immer nur von weitem gesehen hatte. Dabei war er mir schon öfter begegnet, immer am gleichen Ort: am Kanalufer, an einen Baum gelehnt, während er Steine übers Wasser hüpfen ließ.

Aus der Nähe wirkte er ein bisschen jünger. Aber er ging bestimmt auf die dreißig zu.

Er hat einen hübschen Mund, schüchterne helle Augen, dunkle Haare – zu lang für sein mageres Gesicht –, eine große Nase, dichte Augenbrauen. Er sieht nicht wirklich gut aus, das nicht. Aber irgendwie interessant.

Während er mit mir redete, sah ich in seinen Augen diesen Ausdruck, den ich gut kenne. Diesen Blick, der nicht wirklich mich meint, sondern den, den er glaubt vor sich zu haben. Diesen anderen, der ich nicht bin. Er kapierte nicht, dass ich eine Frau bin. Er hielt mich für einen jungen Kerl, und ich habe es dabei belassen.

Keine Lust, mich zu unterhalten, heute Abend. Und noch weniger, mich anbaggern zu lassen.

Wir haben ein paar Takte geredet. Ich habe ihm den Kaffee

bezahlt, habe gehört, wie er sich mit dumpfer Stimme bedankte, und nicht geantwortet.

Ich bin durch die Nacht nach Hause gegangen, im Regen, mit einem seltsamen Freiheitsgefühl.

Dem Gefühl, im Film meines Lebens die Hauptrolle zu spielen.

Im Moment bin ich mit dem Drehbuch ganz zufrieden.

Ich habe beschlossen, solange ich noch hier bin, Roswell an meinen freien Tagen spazieren zu fahren, sofern das Wetter mitmacht.

Ich weiß nicht, ob das richtig ist.

Wenn ich ihn ausfahre, machte ich ihm vor, dass es Horizonte gibt. Wir gehen am Wasser entlang, er singt mir seine selbstkomponierten Lieder vor, manchmal bringe ich ihn zum Schweigen, um den Vögeln zu lauschen.

Wenn noch welche da sind.

Am anderen Ufer hängen die beiden Typen rum.

Das Leben fließt dahin, träge wie der Kanal.

Meins geht weiter, seins versinkt wie der Haufen Bierdosen, die der dicke Spinner eine nach der anderen ins Wasser schmeißt, wahrscheinlich um den Grund abzudichten.

Roswell ist am falschen Ufer festgemacht.

Und ich treibe vorbei.

Mein Leben schwimmt dahin wie ein Korken.

Wir haben ein paar Spaziergänge gemacht, am gleichen Ufer des Kanals, ohne die beiden Hohlköpfe wiederzusehen. Roswell gefallen diese Ausflüge immer besser, manchmal verlangt er sogar danach.

Ich gewöhne mich auch daran, glaube ich. Ich mag die Ruhe am Wasser.

Als wir an diesem Tag losgezogen sind, war Marlène gerade dabei, ihre Geranien zu gießen. Es war fast schon heiß. Sie trug ein Hemdchen mit im Rücken überkreuzten Trägern, die sich ein bisschen in ihren Speck gruben und sie einschnürten wie einen Braten.

Sie hat uns bis zum Gartentor nachgeschaut und dann Tobby zurückgerufen, weil er uns folgen wollte, und hat sich dann wieder ihren Blumen zugewandt, einen Schlager von Michel Sardou vor sich hin pfeifend.

Ich habe sie schon mehrere Tage nicht mehr mit Bertrand über ihren Plan reden hören, aber ich bin auch nicht immer da. Ich bleibe immer öfter in der Stadt und komme erst spätabends heim, ich gehe in den Pub oder zu Ilhan. Einer der Oud-Spieler gefällt mir gut. Er heißt Kaan. Er hat einen schönen Körper. Zärtliche, traurige Augen.

Ich tröste ihn gern.

Wenn ich nach Hause komme, lese ich Krimis und schlafe ein. Und am nächsten Morgen kümmere ich mich um meine Wäsche, wenn ich freihabe, und gehe mit Roswell spazieren.

Da es mir langsam langweilig wurde, immer den gleichen Weg zu nehmen, habe ich beschlossen, das andere Ufer auszuprobieren. Egal, falls wir den Bierdosenwerfer und seinen langhaarigen Freund treffen sollten. Seit ich Letzteren neulich abends im Pub aus der Nähe betrachtet habe, weiß ich, dass er nicht bösartig ist. Kein Grund zur Sorge. Ich habe ihn seitdem zweimal wiedergesehen, als ich mit Roswell spazieren ging. Er hat mir vom anderen Ufer kurz zugewinkt. Ich habe mit einem Kopfnicken geantwortet.

Ich bin also in den Weg am rechten Ufer eingebogen. Er war deutlich breiter als der von gegenüber, mit ein paar kleinen Grasflächen hier und da, auf denen Gänseblümchen wuchsen.

Roswell war glücklich, er schäumte auf seine Finger.

Dank der Kissen, mit denen ich den Wagen gepolstert hatte, konnte er jetzt einigermaßen bequem sitzen bleiben, ohne beim ersten Schlagloch nach rechts oder links zu sacken.

Zum Wasser hin war alles voller Stechginsterbüsche. Wir scheuchten im Vorbeigehen die Vögel auf.

Schon von weitem habe ich zwei Gestalten unter der Brücke sitzen sehen. Ich habe etwas zu spät kapiert, dass es die zwei Mistkerle waren. Ich hatte sie seit unserer ersten Begegnung nicht mehr gesehen. Sie nutzten wohl die Abwesenheit der beiden anderen, um sich deren Platz unter den Nagel zu reißen.

Ich bin umgedreht, so diskret wie möglich. Sie hatten uns noch nicht bemerkt.

Aber da hat Roswell, der seit gut zehn Minuten still war, eins einer berühmten Soli angestimmt. Da konnte ich »Pscht!!!« zischen, so viel ich wollte. Es war zu spät.

Ich habe eine Stimme rufen hören: »Hey, schau mal, da ist ja der Affe!«

Und gleich darauf: »Hey, Typ! Hallo! Hey?! Warte!«

Ich hörte Schritte, Gelächter und keuchenden Atem in meinem Rücken. Der Kleinere hat uns überholt und ist dann stehen geblieben, um uns den Weg zu versperren. Ich habe gespürt, wie der Zweite mich an der Schulter packte.

Ich habe ihn mit einer schroffen Bewegung abgeschüttelt.

Er hat gelacht. »O Mann, bist du nervös!«

Der Kleine hatte ein Frettchengesicht, vorstehende Zähne, einen verwaschenen Blick, zugleich böse und leer. Er ging o-beinig, als hätte er sein Pferd vor dem Saloon vergessen oder als trüge er eine Windel unter seiner zu großen Hose, die ihm bis in die Kniekehlen hing.

Das fand er wohl besonders männlich. Er sah extrem bescheuert aus.

Er hat sich vor Roswell hingehockt und ihn angegafft wie ein Tier hinter Zoogittern. Er hat zu seinem Kumpel gesagt: »O Mann, guck dir das mal aus der Nähe an!«

Der Typ hat mich losgelassen und ist um die Karre rumgegangen. Er hatte engstehende, kleine schwarze Augen, war an den Seiten rasiert und hatte ein Büschel platinblond gebleichter Schamhaare oben auf dem Kopf. Tätowierter Hals, Gesicht voller Aknenarben. Er hat gelächelt, da habe ich gesehen, dass er vorn einen abgebrochenen Zahn hatte.

Ich habe mich näher zu Roswell gestellt, um ihn zu beruhigen und zur Not zu beschützen.

»Na, du? Du bist aber ganz schön hässlich, weißt du das?«, hat der Große mit gespielt freundlicher Stimme zu ihm gesagt.

Wenn man bedachte, wer das sagte, hätte das lustig sein können. War es aber nicht.

Roswell hatte aufgehört zu singen, er schaute die beiden Loser an, mal den einen, mal den anderen. Plötzlich hat er beide Hände vorgestreckt, gekrümmt wie Krallen, und mit einer ganz kleinen Stimme »Grrrr!« gemacht.

Die beiden Pfeifen haben sich kaputtgelacht.

»Okay, und jetzt lasst uns in Ruhe.« Ich versuchte, entspannt zu klingen, um zu zeigen, dass ich keine Angst vor ihnen hatte.

Der Größere hat sich aufgerichtet und mich von oben herab gemustert – er war zwei Köpfe größer als ich. »Hast du ein Problem, kleine Schwuchtel? Was dagegen, dass wir ihn anschauen, deinen Affen?«

Da ist es aus mir rausgebrochen: »Arschloch!«

Seine Ohrfeige ist genauso schnell zurückgekommen, und mir sind Tränen in die Augen geschossen.

Der Kleine nahm von alldem keine Notiz, er hockte vor Roswell und fragte ihn, ob er ein Zuckerchen wollte und ob er Männchen machen konnte.

Ich habe den Großen zurückgestoßen und mir eine zweite Ohrfeige eingefangen. Und eine dritte und vierte.

Ich versuchte, nicht in Panik zu geraten und jenen berühmten Kniestoß zum Einsatz zu bringen, den alle Mädchen in der Theorie von klein auf lernen, den sie aber, egal wie ihre Phantasien auch aussehen mögen, nur selten ausführen.

Er schubste und schlug mich abwechselnd und brüllte auf mich ein. »Du suchst Ärger, ja, kleiner Scheißer?«

Ich versuchte mich zu schützen, aber es hagelte Hiebe auf den Kopf, auf die Schultern, in die Rippen, er schlug wild drauflos, mit den Armen rudernd und ohne Ziel, wie einer, der nicht kämpfen kann. Und dann habe ich plötzlich einen sehr heftigen, brutalen Schlag in eine Brust abgekriegt, der mich fast umgehauen hat. Da habe ich reflexartig mit dem Kopf zugestoßen. Es fühlte sich an, als wäre ich mit der Stirn gegen eine Wand gerannt, und der Große brüllte mit erstickter Stimme, die Hand auf den Mund gepresst: »Verdammter Hurensohn, ich schlag dir die Fresse ein!«

Seine Lippe und Nase bluteten. Mein Schädel tat höllenmäßig weh, es pochte bis in den Nacken.

Der andere war dabei, Roswell bäuchlings durchs Gras zu schleifen, direkt auf den Kanal zu.

Ich wollte mich auf ihn stürzen, aber der Große hielt mich fest. Meine Jacke blieb zwischen seinen Händen hängen, dann packte er mein T-Shirt so, dass es mir bei dem Versuch, mich loszureißen, über den Kopf rutschte.

Ich stand quasi nackt da.

Der Große hat gebrüllt: »O Mann, das ist ja 'ne Tussi!«

Da hat das Frettchen Roswell plötzlich losgelassen, als hätte es einen Stromschlag abgekriegt, und sich zu mir umgedreht.

Mir brummte der Schädel, mein rechtes Auge schwoll langsam zu, ich konnte kaum noch was sehen.

Ich zog mein T-Shirt wieder runter. Viel Busen ist da nicht, aber anscheinend genug. Der Große hat angefangen zu lachen, während er mir einen Arm auf den Rücken drehte, um mich am Abhauen zu hindern. Der Kleine kam näher, mit seinem lächerlichen Cowboygang, den ich jetzt gar nicht mehr witzig fand. Er zog ein Springmesser aus der Hosentasche.

»Da werden wir jetzt aber eine Menge Spaß zusammen haben, Schlampe«, hat er gesagt.

Roswell versuchte sich aufzurichten, aber ich wusste, dass das unmöglich war.

Er musste verrückt vor Angst sein, und merkwürdigerweise machte ich mir mehr Sorgen um ihn als um mich.

Der Große hat sich von hinten an mich gepresst, und ich habe eine spitze Klinge an meinem Hals gespürt, dicht unterm Kiefer. Eine Bewegung zu viel, und er würde mich abstechen. Mit der freien Hand hat er mein T-Shirt hochgeschoben und mechanisch an meiner Brust rumgefummelt, wobei er sagte, ich wäre scharf und er wäre voll geil auf mich. Inzwischen knöpfte der andere seine Jeans auf, in aller Ruhe, mit der linken Hand, ohne mit der anderen sein Messer loszulassen.

Ich habe gedacht: Jetzt ist es also so weit.

Dann hörte ich einen dumpfen Knall. Der Große hat einen tiefen Seufzer ausgestoßen und mich mit sich nach hinten gerissen. Ich habe gedacht, er wollte mich zu Boden werfen, damit es losgehen konnte, aber nein, er war einfach umgefallen. Wie ein Sack.

Der andere hat mit einem megadämlichen Ausdruck zugeguckt, wie er stürzte. Dann flog etwas durch mein Blickfeld sehr schnell auf ihn zu. Er hat aufgestöhnt, wollte sich an den Kopf fassen und ist ebenfalls zusammengebrochen.

Ich habe mich aus den Fängen des Großen befreit, bin aufgesprungen und habe mich umgedreht.

Der Dicke, ein Sixpack Kronenbourg zu seinen Füßen, hielt noch eine Dose in der Hand. Er hat sich zu dem anderen umgedreht, der Cédric heißt: »Ha! Da siehst du mal, wofür Zielgenauigkeit gut ist!«

»Okay, ich muss zugeben … Allerdings schätze ich mal, dass die beiden jetzt tot sind.«

»Na und? Wir werfen sie in den Kanal, die werden niemandem fehlen.«

Cédric hat den Kopf geschüttelt. »Das war echt heftig! Eine Bierdose voll in die Fresse, das ist schon was!«

»Vor allem, wenn sie voll ist«, hat der Dicke seelenruhig zugestimmt. »Die Dosen muss ich mir wieder zurückholen, ich hoffe, sie haben nicht zu sehr gelitten.«

In dem Moment hat der Große gestöhnt und sich bewegt. Der Kumpel von Cédric ist gemächlich rübergekommen und hat dem Cowboy, der noch völlig weggetreten war, sein Messer abgenommen. Dann hat er sich mit erstaunlicher Geschmeidigkeit auf den Großen gesetzt, der »Autsch!« gemacht hat.

Der Dicke bringt sicher über hundertzwanzig Kilo auf die Waage.

Er hat dem Kerl, der sich weder bewegen noch atmen konnte, die Messerspitze knapp unters Auge gehalten und mit sanfter Stimme gefragt: »Wir verstehen uns, nicht wahr?«

Der andere hat genickt, aber nur ganz leicht und vorsichtig.

»Dann wirst du das auch deinem Kumpel erklären können, okay?«

»Okay!«, hat der andere mit seiner letzten Luft gehaucht.

Der Dicke ist aufgestanden und hat gesagt: »Verpiss dich!«

Der Große hat sich aufgerappelt, eine Hand am Schädel, dann ist er seinen Kumpel aufsammeln gegangen, der offensichtlich eine geplatzte Augenbraue hatte. Er kam gerade erst wieder zu sich, hat aber trotzdem angefangen, den Dicken als gottverdammte Schwuchtel zu beschimpfen, und von ihm verlangt, er solle ihm sein Messer zurückgeben.

Der Dicke hat eine Dose in seiner Hand hüpfen lassen und ihn wortlos fixiert, die Augen halb geschlossen. Es ging zu wie im Western.

Darauf haben sich die beiden Weicheier sang- und klanglos aus dem Staub gemacht, ohne sich noch etwas anderes zu trauen, als uns ihre Mittelfinger zu zeigen.

Das waren Möchtegern-Rambos. Da habe ich echt schon Schlimmere getroffen.

Als er wieder an mir vorbeikam, hat der Dicke leicht verlegen gelächelt und mit einer überraschend sanften Stimme gesagt: »Ich heiße Olivier.«

»Ich bin Alex.«

»Unn-ich binn Schhérard!«, hat Gérard gesagt, immer noch bäuchlings im Gras liegend, drei Meter weiter, mit dem Kopf in die andere Richtung.

Wir sind zu ihm gerannt. Er lag da wie ein Häufchen Elend, den Mund voller Gras, einen Arm unter sich eingeklemmt, den anderen auf den Rücken gedreht.

Und er hat hinzugefügt, sehr um deutliche Aussprache bemüht: »Schhanschheff. Schhérard Schhanschheff. Schleuffenfeg achffehn.«

Stille.

Schließlich hat der Dicke gemeint: »Okay.« Und ein paar Sekunden später: »Hallo, Gérard. Ich bin Olivier. Man nennt mich den Zackenbarsch.«

»Und ich heiße Cédric.«

Roswell hat geantwortet: »Sssehr erffreut!« Und er fügte nuschelnd und lachend noch etwas hinzu.

»Hä, was?«, hat der Zackenbarsch gefragt.

»Er sagt, er gibt euch nicht die Hand, aber sein Herz ist dabei.«

Der Zackenbarsch hat gelacht, Cédric auch.

»Na, dann wollen wir das mal feiern!«, hat der Zackenbarsch gemeint und sich eine Dose aufgemacht.

Cédric und der Zackenbarsch haben Roswell geholfen, sich wieder auf die Karre zu setzen.

»Gar nicht blöd, dein System!«, hat Cédric gesagt, nachdem er das Wägelchen rundum begutachtet hatte. »Wo hast du das Ding gefunden?«

»Im Schuppen von den Leuten, bei denen ich ein Zimmer miete. Ich habe nur ein bisschen daran rumgebastelt, um es bequemer zu machen.«

Der Zackenbarsch sagte nichts. Er betrachtete Roswell. Er wirkte fasziniert, und ich erinnerte mich noch gut daran, wie es mir gegangen war, als ich ihn zum ersten Mal gesehen hatte.

Ein Wesen, das so anders war – wie konnte man da nicht hypnotisiert sein? Unmöglich, ihn nicht anzuschauen oder so zu tun, als wenn nichts wäre, als wäre er normal. Das würde bedeuten, Roswell auszulöschen, das zu leugnen, was ihn von allen anderen unterscheidet: dieser unglaubliche Look, der ihn zu einem einzigartigen Wesen macht. Nirgendwo anders zu finden als in einer knallbunten Karre an einem Kanalufer.

Der Blick des Zackenbarschs war nicht angewidert, es sprach eher Ungläubigkeit daraus. Und diese Art von Unbehagen, das einen überkommt, wenn man sich hilflos und allein fühlt angesichts des Unbekannten.

Roswell war wie eine Gleichung, die man knacken muss.

Und er saß da, in seine Kissen zurückgelehnt wie der letzte Merowinger, ohne sich darum zu scheren, was die Leute dachten. Er beobachtete ein paar Teichhuhnküken, die brav hinter ihrer Mutter herschwammen.

Cédric hatte sich zu mir gesetzt.

Ich hatte ganz weiche Knie, wahrscheinlich rückwirkend. Eins meiner Augen war halb zugeschwollen. Mein T-Shirt war am Ausschnitt zerrissen, und in der Halsbeuge brannte es tierisch. Ich fuhr vorsichtig mit der Hand darüber, die Haut war feucht, empfindlich, es klebte ein bisschen an den Fingern.

Ich habe gefragt: »Blute ich?«

Cédric hat es sich angeschaut und den Kopf geschüttelt: »Nein, die Haut ist ein bisschen aufgeschürft und rot, das ist alles. Morgen wird das trocken sein.«

»Anzunehmen.«

Dann hat er plötzlich etwas schroff gefragt: »Und abgesehen von deinem Hals da … haben sie dich …? Na, du weißt schon.«

»Nein, nein, alles klar. Danke überhaupt, weil ohne euch beide …«

»Schon in Ordnung. Ich hab ja gar nichts weiter gemacht. Der Held des Tages ist der Zackenbarsch.« Er hat gelächelt und hinzugefügt: »Außerdem habe ich mich damit für den Kaffee von neulich revanchiert!«

Und gleich darauf: »Dann bist du also 'ne Frau?!«

»Ja, wieso, sieht man das nicht?«

Er ist rot geworden und hat gestammelt: »Äh … doch, doch! Aber … ich meine, ich … ich wollte damit nicht sagen, dass … Im Pub ist die Beleuchtung so schlecht, verstehst du … Und ansonsten habe ich dich immer nur von weitem gesehen, deshalb …«

Er hat noch zwei, drei weitere Sätze in dieser Richtung ab gelassen, und ich habe verfolgt, wie er sich immer mehr verstrickte, ohne etwas zu sagen. Schließlich habe ich geantwortet: »Lass mal gut sein. Du schuldest mir dafür nur noch einen Kaffee.«

Er hat gelacht. »Du bist ganz schön dreist! Wir helfen dir aus der Patsche, und dann darf ich dir noch einen ausgeben?!«

»Ja. Und wenn du so weitermachst, kriege ich noch ein Bier dazu.«

»Oh, das ist kein Problem, der Zackenbarsch geht nie ohne Vorrat aus dem Haus!«

Cédric und ich haben uns ein bisschen unterhalten. Ich spürte, dass ich ihn neugierig machte und dass er gern mehr wissen wollte, und da er nicht unangenehm bohrte, habe ich ihm ein paar Sachen von mir erzählt. Er wirkte erstaunt über das Leben, das ich führe. Ich glaube, ihn würde das nicht so reizen, er scheint eher von der sesshaften Sorte zu sein. Er hat auch von sich erzählt, aber nicht so viel. Er hat durchblicken lassen, dass es da nichts Interessantes gibt. Dann haben wir geschwiegen.

Der Zackenbarsch hatte sich an seinen Stammplatz gesetzt, ein paar Meter entfernt. Er erklärte Roswell sein Staudammprojekt und kippte dabei ein paar Bierchen.

Er zeigte ihm, wie er die Dosen mit Kanalwasser volllaufen ließ, bevor er sie warf, weil sie sonst zu leicht wären und schwimmen würden. Er erzählte ihm von seiner Technik und der Zielsicherheit, für die immer Windstärke und -richtung berücksichtigt werden müssten. Ein Schnellkurs in Ballistik.

Roswell sagte alle zwei Minuten »Sssuper!«, und jedes Mal, wenn der Zackenbarsch eine Dose in den Kanal warf, lachte er los und klatschte mit der rechten Hand auf den linken Unterarm. Schließlich hat der Zackenbarsch ihm angeboten, es auch mal zu probieren. Roswell hat angefangen, vor Freude zu wiehern.

Er sagte immer wieder: »Ichh schaff dasss nichh!«

»Warum solltest du das nicht schaffen?«, hat Olivier erwidert.

»Weill ichh nichhsss kann!«

»Ich kann auch nichts, und das hat mich nie davon abgehalten!«

Der Zackenbarsch hat Roswell eine mit Wasser gefüllte Dose in die Hand gedrückt und seine Finger drum herum geschlossen, was nicht einfach war. Dann hat er ihn die Bewegung ganz langsam ausführen lassen, wobei er ihn sanft am Arm hielt.

»Du schwingst deinen Arm vor, ja, so, aber fester. Kannst du das nicht ein bisschen fester? Ah, siehst du, wenn du nur willst … Und dann, wenn du ganz vorne bist, zack, dann lässt du los. Kinderleicht!«

»Isses sso richhich?«

»Ja, nicht schlecht. Aber wenn du loslassen willst, machst du besser die Finger auf, okay?«

Cédric hat mich angeschaut und gelacht: »O Mann, da hat er sich ja was vorgenommen!«

»Das kann man laut sagen! Es kommt aber auch selten vor, dass sich einer für ihn interessiert.«

»Für den Zackenbarsch, meinst du?«

»Nein, für Ros … für Gérard.«

»Ach so. Für den Zackenbarsch aber auch nicht, wenn du's genau wissen willst.«

In dem Moment hat der Zackenbarsch angefangen, wie ein Trainer zu brüllen: »Schwing deinen Arm nach vorne! Nach vorne! Komm-komm-komm-komm-KOMM! Und jetzt lass los, verdammt! LASS LOOOOOS!«

Roswell hat sich die Hälfte des Wassers über die Knie gekippt, aber durch irgendein Wunder ist es ihm dann plötzlich gelungen, seine Finger aufzumachen, und die Dose ist dreißig Zentimeter vor seinen Füßen im Gras gelandet. Dann ist sie langsam den Hang hinuntergerollt und mit einem diskreten kleinen *Platsch* ins Wasser gefallen.

»Cool!«, hat der Zackenbarsch gemeint.
Cédric hat Beifall geklatscht.
Roswell hat seine Siegesarie angestimmt.

Und das ist etwas, das man mindestens ein Mal im Leben gehört haben muss.

In derselben Woche habe ich mich mit meinem Vater gezofft, der nur noch eins will: dass ich mit eigenen Flügeln fliege, und zwar in einem anderen Luftkorridor als seinem. Ich habe mal wieder zwei Bewerbungsgespräche kläglich in den Sand gesetzt – es ging um Jobs, die ich nicht hätte haben wollen, die mir aber doch aus der Patsche geholfen und mir die Demütigung erspart hätten, sie nicht gekriegt zu haben – und bin zu dem Schluss gekommen, dass ich alles in allem ein Scheißleben und eine aussichtslose Zukunft habe.

Und dann habe ich auch noch von meinem Bruder erfahren, dass Lola, meine Lola, schwanger ist.

Das hat mir einen Dolchstoß zwischen Leber, Herz und Selbstachtung versetzt, einer hochschmerzempfindlichen Stelle.

Ich kann es einfach nicht fassen.

Wir hatten Millionen Mal darüber gesprochen, sie und ich, über dieses Baby, das wir zusammen haben würden. Wir machten nur Spaß, klar, aber wir dachten uns trotzdem Vornamen aus. Wir stellten uns vor, wie wir Vater-Mutter-Kind spielten, und fanden es bescheuert und albern, aber es gab uns doch an manchen Tagen einen zusätzlichen Kick, wenn wir uns liebten.

Mir vorzustellen, dass sie ein Baby im Bauch hat, dessen Gene zur Hälfte von einem dämlichen Spießer stammen, das gibt mir den Rest. Und vor allem ist es das Todesurteil für sämtliche Träume. Mit Lola und mir ist es aus und vorbei. Schluss, Ende.

Das Leben hat mir den deutlichsten Beweis geliefert. Als hätte ich es darum gebeten.

Ich habe versucht, mit dem Zackenbarsch zu reden, aber na ja, bei seiner Lebensphilosophie …

Er hat gerade mal eine Augenbraue gehoben, während er im Lager des Ladens seines Vaters weiter Kartons mit koreanischen Verstärkern stapelte, und mechanisch wiederholt: »Schwanger?«

Mit wuterstickter Stimme habe ich ein »Ja« herausgepresst.

Da hat er gesagt: »Aha, so, so. Na, super!«

Ich habe ihn angestarrt, als wäre er verrückt. »Wie, *super*?«

Aber er, kein bisschen irritiert, redete weiter, ohne mich auch nur anzuschauen: »Und wann ist es so weit?«

Was zur Hölle interessierte es ihn, wann es so weit war? Ich erzählte ihm das alles doch nicht, damit er schon mal die Geburtsanzeige entwarf, zumal er nicht der Vater war.

Aber er hörte nicht auf: »Und was wird es, weiß sie es schon? Junge oder Mädchen?«

»Wieso? Hast du vor, was zu stricken?«

Da hat er schließlich bemerkt, dass ich irgendwie genervt war, hat die Kiste abgestellt, die er im Arm hatte, und mich mit seinen großen erstaunten Augen gemustert: »Was ist denn? Stinkt es dir, dass sie ein Kind kriegt?«

Ich habe gemeint, ach woher, was sollte mich das kratzen, haha, es wäre ja bloß 'ne Tussi, mit der ich vier Jahre zusammen war, kein Grund zur Aufregung. Ich hatte gute Lust, ihm die Taschen mit seinen Bierdosen vollzustopfen und ihn dann in den Kanal zu stoßen.

»Na ja, sieht aber schon so aus, als ob es dir stinken würde«, hat Sigmund Freud da gemeint.

»Okay, ein bisschen, wenn du die Wahrheit wissen willst …«

»Aber was juckt dich das denn? Es ist doch aus zwischen euch!«

Da habe ich mich plötzlich allein gefühlt.

Der Zackenbarsch hatte recht. Mit Lola und mir war es aus, und das nicht erst seit gestern.

Ich musste das Vergangene hinter mir lassen, einen Strich drunter ziehen, das Blatt wenden. Aber ich konnte machen, was ich wollte, auf der Straße sah ich nur noch Frauen mit dicken Bäuchen. Und Kinderwagen, Buggys, Plüschtiere und Fläschchen. Die ganze Stadt hatte sich in eine verdammte Geburtsklinik verwandelt. Eine Stadt voll werdender oder frischgebackener Papas, mit vor dümmlichem Stolz feuchten Augen, schwachsinnigem Lächeln auf den Lippen, glücklich bis über beide Ohren.

Und ich versank in meinem einsamen, fruchtlosen Elend.

Das Blatt zu wenden würde nicht reichen.

Am Mittwoch hat der Zackenbarsch gegen neun Uhr abends gesimst: *Affengeil!*

Daraufhin habe ich mich gleich nach dem Essen zu ihm geschleppt. Der Zackenbarsch begeistert sich nie. Er ärgert sich auch nie über irgendwas. Er ist emotional schweizerisch: grundsätzlich neutral. Wenn er etwas »affengeil« fand, musste das schon ein totaler Kracher sein!

Als ich vor dem Laden ankam – *Bei Zackenbart sind die Preise zart!* –, lehnte er mit dem Rücken an der Garage und lächelte vor sich hin. Allein das war mehr als verdächtig.

Ich hatte kaum hallo gesagt, da platzte es schon aus ihm raus: »Ich habe geerbt.«

»Hä?«

»Ich habe geerbt! Von meinem Großonkel.«

»…?«

»Ich hab eine Erbschaft gemacht!«

Ich wollte schon fragen: »Wie viel?«, als er hinzufügte: »Komm, schau sie dir an.«

Er hat das Schwingtor der Garage halb angehoben, ist drunter durchgeschlüpft und nach hinten gegangen, um neben der Tür zum Laden das Licht anzuknipsen. Ich bin ihm gefolgt. Ich habe das Klicken des Schalters gehört, dann lag alles in grellem Licht, die Betonwände, die Kisten, das Material, die Regale, das Auto seiner Eltern, der an den Rändern wellenschlagende Pingpongtisch und die alten Kinderfahrräder von seinen beiden Schwestern und ihm.

Und mittendrin das Erbstück.

Ein schönes Motorradgespann, schwarz mit roten Flammen, mit einem Anhänger hintendran.

Der Zackenbarsch kam zu mir zurück, mit einem glücklichen Gesicht, wie ich es noch nie bei ihm gesehen hatte, als hätte er es sich extra für diesen Moment irgendwo geliehen.

Er lehnte sich an die Betonwand und sagte: »Mein Großonkel hat es mir vermacht. Er hat meinem Vater einen Brief hinterlassen, bevor er ins Krankenhaus ging. Er wusste, dass er erledigt war. Und da hat er alles, was er besaß, zwischen uns aufgeteilt, meinen Eltern, meinen Schwestern und mir. Er hatte keine Kinder.«

Ich hatte ihn selten so lange am Stück reden hören.

Er fuhr fort: »Das gehört *mir*, verstehst du?! O Mann, auf das Ding war ich schon mit zehn Jahren scharf! Hast du gesehen, wie geil das ist? Komm näher! Schau es dir an!«

Ich habe keine Ahnung davon und interessiere mich auch nicht dafür, das müsste er wissen, aber ich spürte genau, dass in diesem Augenblick Ekstase angesagt war, also bin ich ganz langsam um die Maschine rumgelaufen und habe mit Kennermiene gemeint: »Meine Fresse! Echt cooles Teil. Sieht aus wie neu.«

»Klar, Mann! Er hat es selbst neu lackiert, vor nicht mal zwei Jahren. Er muss Stunden damit zugebracht haben, er war total besessen. Es ist eine Yamaha XS 1100 mit Schwinggabel. Die läuft wie am Schnürchen, wirst sehen.«

Ich habe einen Blick in den Beiwagen geworfen. »Besonders groß ist der nicht.«

»Machst du Witze?! Das ist ein Jeaniel Condor. Anderthalb Plätze, sogar zwei, wenn man sich liebt.«

Der Zackenbarsch ist eine Weile wortlos in der Betrachtung der Maschine versunken. In seinen Augen stand ein zärtlicher Schimmer. »Er fuhr uns spazieren, meine Schwestern und mich, als wir klein waren. Ich stieg hinten auf, und meine Schwestern saßen im Boot. Hab ich dir doch schon erzählt!«

Ich habe genickt.

Er hatte mir tatsächlich davon erzählt, und nicht nur ein Mal, von diesem tollen Gespann und den Ausflügen mit seinem Großonkel, wenn er in den Ferien bei ihm war, ich weiß nicht mehr genau, wo. Baskenland oder so.

»Er ist damit durch ganz Europa gefahren! Von Spanien bis zum Nordkap. Er war ein echter Spinner. Aber wir hatten eine Menge Spaß mit ihm.«

Ich habe gefragt: »Um das Ding zu fahren, braucht man doch einen Motorradführerschein, oder?«

»Ja, klar. Hab ich.«

»...?«

Der Zackenbarsch hat mich angeschaut, eine Braue hochgezogen und geseufzt: »Was denn?«

»Im Ernst? Du hast 'nen Motorradführerschein?!«

»Auto, Motorrad, Lkw und Bus.«

Davon wusste ich nichts. Er hatte mir nie davon erzählt.

Ich war platt.

Da hätte er mir genauso gut mitteilen können, dass er sich zu einem Breakdance-Wettbewerb angemeldet hätte, Vater zweier Kinder wäre oder Squash spielen würde.

»Aber ... warum hast du denn diese ganzen Führerscheine gemacht? Wofür?«

Er hat mit den Achseln gezuckt. »Einfach so. Um sie zu haben.« Und er hat hinzugefügt: »Aber was soll die Frage überhaupt? Ist doch scheißegal. Das muss gefeiert werden! Wie wär's mit 'nem ordentlichen Bier?«

Am nächsten Vormittag haben wir mit seinem Erbstück eine kleine Proberunde gedreht. Ich quetschte mich in den Beiwagen – der Zackenbarsch bestand darauf – und betete in jeder Kurve, dass wir keine Platane erwischten.

Anderthalb Plätze, schon möglich, aber nicht in der Länge. Mein Kinn befand sich fast zwischen den Kniescheiben.

Der Zackenbarsch hatte den Helm seines Großonkels auf, der ebenfalls zum Erbe gehörte. Was die Lederkluft anging, keine Chance – die Größe war falsch. Er ist auf die Maschine gestiegen, die unter seinem Gewicht mit einem ergebenen Seufzer zusammensackte. Und als ich gesehen habe, wie er die Rückspiegel einstellte und auf dem Sitz ein bisschen hin und her wackelte, um seinen überquellenden Hintern zu platzieren, da habe ich mir gesagt, dass er schon was hermachte, mein guter Zackenbarsch, mit seinem ewigen Dreitagebart, dem Helm mit den roten Flammen, seinem XXXXL-T-Shirt, das um den Bauchnabel spannte, und den spitzen Cowboystiefeln.

»Ein echter Biker!«, habe ich gesagt.

Er hat die Augen verdreht: »Mach dich nur lustig.«

Aber ich wusste, dass er sich freute.

Ich war fast eifersüchtig. Nicht auf das Motorrad. Aber auf diese neue Freiheit, von heute an jederzeit überallhin fahren zu können, ohne irgendjemanden fragen zu müssen.

Wir sind erst mal über die Landstraße gezuckelt, damit er ein Gefühl für den Beiwagen bekam – so ein Gespann fährt sich nämlich nicht wie ein Tretroller.

Ich blickte ab und an zu ihm auf und sah, dass er konzentriert und einigermaßen sicher fuhr. Aber dann schaute ich sofort wieder auf die Straße, überzeugt, dass der Tod an der nächsten Kreuzung auf uns wartete – in so einem Beiwagen kann einem das Blut echt in den Adern stocken, wenn man es nicht gewohnt ist.

Dann, ich weiß nicht warum, bin ich langsam auf den Geschmack gekommen.

Es vibrierte von allen Seiten, ich spürte jedes Schlagloch, und wenn ich den Mund offen ließ, klapperten meine Zähne, dass fast der Schmelz abplatzte. Total cool. Es war ein komisches Gefühl, so dicht über dem Boden und mit dieser Geschwindigkeit dahinzurasen, es war unheimlich und berauschend.

Ich kam mir vor wie in einem Roadmovie und machte selbst die Tonspur dazu. Eingeklemmt in meine Sardinenbüchse grölte ich aus voller Kehle einen Hit aus dem letzten Jahrhundert:

Well, I'm so tired of cryin', but I'm out on the road again.
– I'm on the road again.
Well, I'm so tired of cryin', but I'm out on the road again.
– I'm on the road again.
I ain't got no woman just to call my special friend.

Ich hatte auch keine Frau, die ich meine *spezielle Freundin* hätte nennen können.

Aber im Moment, nur in dem Moment, war das nicht mein Problem.

Ich fühlte mich gut, leicht, und das war verdammt viel.

Am Freitag sind wir an den Kanal gegangen, um an der Baustelle vom Zackenbarsch weiterzuarbeiten, jedenfalls er.

Als wir auf dem Weg angekommen sind, haben wir gesehen, dass der Typ mit der Karre gerade von den zwei Mistkerlen was auf die Fresse kriegte. Die komische Karre stand ein paar Meter weiter. Der klapprige Kerl, der sonst immer daraufsaß, lag auf dem Boden, in einer unnormalen Stellung, die ihn fast tot aussehen ließ. Der eine Depp, der Kleinere von den beiden, schleifte ihn an den Füßen durchs Gras, um ihn in den Kanal zu schmeißen.

Da habe ich gesehen, wie der Typ dem Großen plötzlich einen mordsmäßigen Kopfstoß verpasste. Der ließ sich nichts gefallen, das konnte man sehen. Ich weiß nicht warum, aber es hat mich gefreut. Der andere ist nach hinten getaumelt, die Hand auf dem Gesicht, er musste es voll auf die Nase gekriegt haben, es tat mir fast weh. Aber er ist sofort wieder zum Angriff übergegangen, er wollte den Jungen an der Jacke fassen, die aber zwischen seinen Händen hängen blieb. Dann hat er ihn am T-Shirt-Kragen gepackt. Der Junge hat um sich geschlagen und sich losgerissen, dabei ist ihm das T-Shirt fast ganz über den Kopf gerutscht.

Und da habe ich gesehen, dass es ein Mädchen war.

Ein Mädchen?!

Man denkt immer, dass man seine Freunde aus der Kindheit in- und auswendig kennt. Schwerer Irrtum!

Der Zackenbarsch zum Beispiel: Ich habe ihn so oft sagen hören, ihm wäre alles gleichgültig, scheißegal und Jacke wie Hose, dass ich am Ende geglaubt habe, das liegt in seiner Natur. Im Übrigen habe ich auch nicht gerade oft erlebt, dass er für irgendetwas Feuer gefangen hat, abgesehen von seinem Ding mit dem Trekking im Hochgebirge.

Aber neulich, als er vor seinem Erbe stand, habe ich gesehen, dass er lebendig ist, dass unter den Fettschichten in seinem Innersten noch etwas zuckt.

Und das zweite Wunder fand jetzt vor meinen Augen statt: mit Gérard, dem Behinderten, den Alex immer ausfährt, wenn es nicht gerade regnet.

Ich war schon geplättet, wie der Zackenbarsch reagierte, als er der einen Kanalratte eine Dose an den Kopf schmiss. Eigentlich gibt es niemanden, der gemächlicher und friedlicher ist als der Zackenbarsch. Und er hat so eine Art, die Leute anzusehen. Entwaffnend.

Alex saß neben mir, den Kopf etwas geneigt. Sie beobachtete die beiden unauffällig, mit einem kleinen Lächeln, das sie total veränderte. Ich erinnerte mich an den Abend, als ich zum ersten Mal mit ihr geredet habe, in der Bar, als ich noch dachte, sie wäre ein Typ. Sie muss mich für einen kompletten Idioten gehalten haben, und dem kann ich auch nichts entgegensetzen: Alles in allem hatte sie damit recht. Wobei man sagen muss, ohne dass ich hier nach Entschuldigungen suche: Man muss erst mal drauf kommen, dass sie ein Mädchen ist. Sie tut nicht das Geringste dafür, die Leute auf die richtige Spur zu bringen.

Während sie die Lektion im Dosenwerfen verfolgte, betrachtete ich sie aus dem Augenwinkel. Mager, muskulös, rappelkurze Haare bis auf ein paar Strähnen, die ihr in die Augen hängen. Keine Brüste, keine Hüften. Nichts Aufregendes, aber ein gewisser Stil. Ich fragte mich, wie alt sie wohl sein mochte, zweiundzwanzig, dreiundzwanzig?

Schwer zu sagen, schwer zu sehen.

Sie wirkt ein bisschen punkig mit ihrem abgeklärten Blick, den Piercings, dem Tattoo, das so aus ihrem Ausschnitt guckt, dass man gern näher hinsehen würde, um die ganze Zeichnung zu erkennen.

Sie rauchte ununterbrochen dünne, selbstgedrehte Zigaretten. Ich spürte, dass sie in der Defensive war, ständig in den Startblöcken und bereit, jeden abblitzen zu lassen, der sich ihr nähern wollte. Eine echte Wilde.

Aber als ich sah, wie sie diesen armen Typen anschaute, der verbogener war als eine Büroklammer, spürte ich genau, dass er sie berührte, dass er ihr nicht egal war.

Ich traute mich nicht, ihr Fragen zu stellen, aber Schweigen finde ich beklemmend. Ich kann nicht lange neben jemandem sitzen, ohne was zu sagen, da habe ich das Gefühl, zu ersticken.

Also haben wir über dies und das geredet.

Sie antwortete mit kurzen Sätzen, die sich mehr oder weniger auf »Ja« und »Nein« beschränkten.

Dann hat sie sich schließlich entspannt und ist damit herausgerückt, dass sie dreißig ist, was mich total geplättet hat, weil man ihr das überhaupt nicht ansieht. Das habe ich ihr auch gesagt.

Sie hat gelacht und gemeint, das würde an der Tatsache selbst nichts ändern.

Sie hat mir in Kurzfassung ihr Leben erzählt. Sie wird bald wieder weggehen von hier. Sie hat von ihren Reisen erzählt, von den verschiedenen Jobs, die sie schon gemacht hat. Ich habe mir gesagt, dass ich nie so leben könnte wie sie: eine Bahn- oder Busfahrkarte kaufen, den Finger auf die Landkarte legen und auf gut Glück losziehen. Sie hat mich an *Rahan* erinnert. Das ist eine Zeichentrickserie, die ich als Kind geliebt habe, über einen Superhelden aus der Vorzeit, einen blonden Muskelprotz mit Fellschurz, glatter Brust und einer Haut wie ein Babypopo. Wenn dieser Rahan nicht wusste, wohin er gehen sollte, ließ er sein Messer auf einem Stein drehen, und dann marschierte er in die Richtung, wo die Messerspitze hinzeigte. Das fand ich irre. Aber wenn ich versuchte, es mit einem Küchenmesser nachzumachen, dann zeigte die Klinge entweder auf die Wand zum Wohnzimmer, auf die Tür zum Wandschrank oder auf die zum Klo.

Das war für ein Abenteuer eher popelig.

Seit achtundzwanzig Jahren träume ich Tag für Tag davon, hier abzuhauen, aber es ist wie mit dem Rauchen: *Morgen* höre ich auf, *morgen* gehe ich weg.

Morgen fange ich an zu leben. Immer morgen, morgen, nur nicht heute …

Nach einer Weile hat sich Alex mit der Karre auf den Heimweg gemacht. Gérard war froh und der Zackenbarsch auch. Ich fühlte mich mittelmäßig. Weder traurig noch glücklich.

Wahrscheinlich eine Mischung aus beidem.

Der Zackenbarsch wollte im Black Queen einen Zwischenstopp einlegen, um sich nach dem ganzen Kronenbourg mit einem Guinness den Mund zu spülen. Ich habe ihn begleitet, mich aber an der Tür verabschiedet und bin nach Hause gegangen.

Ich hatte keine Lust zu trinken, und ich hatte meinem Vater versprochen, früh nach Hause zu kommen, um ihm zu helfen. An einem Samstag im Monat ist Sperrmüll, und ich sollte ihm helfen, die Spülmaschine vor die Tür zu stellen, die nach zwölf Jahren schäumend den Geist aufgegeben hatte. Diese Scheißdinger wiegen eine Tonne. Nirgendwo ein Griff zum Anpacken. Wir haben uns ganz schön abgeplagt, mein Vater und ich, um sie die vier Stockwerke runterzuwuchten.

Ich habe mir gesagt: Wenn ich die Wahl hätte zwischen verschiedenen Sträflingsarbeiten, würde ich auf keinen Fall den Möbelpacker nehmen, da ruiniert man sich total den Rücken. Ich muss laut gedacht haben, oder mein Vater kann Gedanken lesen – als wir nämlich unten auf dem Gehweg standen, hat er mich auf einmal gefragt: »Und? Wie sieht es aus mit Arbeit? Wann fängst du an, dir was zu suchen?«

Ein schlauer Fuchs, der Alte; er hatte mich nach unten gelockt, weit weg von den Ohren und den beschützenden Fittichen meiner Mutter: *Nun lass doch den Jungen in Ruhe, meinst du vielleicht, dass es einfach ist …?*

Drei Tage vorher hatten wir uns auch schon gezofft, er und ich. Wenn er vorhatte, mir jetzt bei jeder Gelegenheit auf den Senkel zu gehen, würde ich durchdrehen, so viel war klar.

Ich habe mich verschlossen wie eine Auster.

Da hat er gemeint: »Los, komm, wir gehen was trinken!«

Wir sind ins Prolétaire gegangen, Espresso für mich, Picon-Bier für ihn.

Es war das erste Mal in meinem Leben, dass wir zusammen in einer Kneipe waren. Ich fand es peinlich, anderswo als zu Hause mit ihm an einem Tisch zu sitzen. Es war das gleiche Gefühl wie damals, als meine Mutter mich noch in der sechsten Klasse unbedingt von der Schule abholen wollte.

»Ist schon gut, Mama, ich komme allein nach Hause, du brauchst mich nicht abzuholen!«

»Ach was, mein Großer, das mache ich doch gern!«

Ich sagte ihr, sie solle vor der Apotheke warten statt vor dem Schultor, angeblich damit sie mich im Gewühl nicht verpasste.

Was hatte ich Schiss, dass meine Freunde mich mit ihr sehen könnten …

Nach den ersten Schlucken ist mein Vater auf die Jobfrage zurückgekommen. War ja klar. Er ist wie eine Zecke. Man müsste ihn mit Äther tränken oder ihm den Kopf abschneiden, damit er loslässt.

»Hast du jetzt was gefunden oder nicht?«

Man könnte glauben, für ihn gibt es nichts anderes auf der Welt, was zählt.

Ich habe gesagt, nein, und ich habe wiederholt, warum: Arbeitslosigkeit, Entlassungen, Krise.

Krise.

Er hat gemeint, okay, das wären keine idealen Bedingungen, um ins Arbeitsleben zu starten, aber deswegen könnte man trotzdem einen Job finden, solange man keine unmöglichen Ansprüche hätte.

»Du hast zwei Arme, zwei Beine, du bist gesund. Glaub mir, dieses Glück hat nicht jeder. Und das reicht, um arbeiten zu gehen.«

Mein Vater hat immer auf dem Bau geschuftet. Arbeitslosigkeit kennt er nicht. Für ihn sind alle, die nicht arbeiten gehen, Faulpelze, Nichtsnutze, weil wenn sie wollten, würden sie auch was finden ... Ich kenne seinen Standpunkt auswendig: »In der Not ist man nicht wählerisch. Egal, wie die Arbeit aussieht, es ist Arbeit. Man nimmt sie und basta.«

Für ihn ist das Leben schwarz oder weiß. Grau ist ihm zu verwaschen, unnötig kompliziert.

Ich habe geschwiegen.

Was würde es nützen, ihm zu sagen, dass ich nicht so bin wie er und dass ich andere Träume habe? Wie sollte ich ihm erklären, dass ich von dem bisschen Zeit, das sowieso viel zu schnell vorbeirauscht, noch was haben will? Dass ich nicht warten will, bis ich siebzig bin, ein künstliches Gebiss und Rheuma habe, um endlich anzufangen zu leben?

Ich habe keine Angst vorm Arbeiten, sondern davor, fünf Tage in der Woche auf den Samstag zu warten. Und am Sonntag ein langes Gesicht zu ziehen, weil dann wieder der Montag ansteht. So wie die meisten Leute, die ich kenne und die ich kein bisschen beneide, ganz egal wie viel sie verdienen.

Ich möchte endlich herausfinden, was ich machen will. Es schaffen. Und stolz darauf sein.

Ich habe Angst, dass mir sonst vor lauter Geldranschaffen das Leben flöten geht.

Mein Vater würde das alles nicht verstehen, das weiß ich. Er hat sich sein Leben lang abgerackert, um die Miete zu bezahlen, die Kredite abzustottern, unsere Ausbildung zu finanzieren. Er hat sich den Rücken kaputt gemacht, ohne je an sich selbst zu denken, ohne sich irgendetwas zu gönnen, und ich bin ihm nicht einmal dankbar, wenn ich es recht bedenke. Ich finde es sogar ziemlich bescheuert, ehrlich gesagt. Man hat nur dieses eine Leben, und das kann man nur selbst leben. Was hat man von dem Gefühl, seine Pflicht getan zu haben, wenn es aufs Ende zu geht? Ist es wenigstens ein Trost für alles, was man verpasst und verpatzt hat?

Er hat für uns gelebt, er hat sich aufgeopfert, aber wie soll man ihm das vergelten? Ich habe keine Tage übrig, die ich ihm schenken könnte. Ich kann es ihm nicht zurückzahlen.

Er wird älter, er ist fast schon ein alter Mann. Der Countdown läuft.

Neben meinem Vater fühle ich mich immer ein bisschen als Versager. Weil ich nicht seine Tapferkeit habe – oder seine Ergebenheit, was weiß ich –, weil ich nicht bereit bin, jeden Job anzunehmen, nur weil ich »zwei Arme, zwei Beine habe und gesund bin …« und weil ein echter Mann eben arbeitet.

Wir leben einfach nicht in der gleichen Welt, er und ich. Deshalb hatte ich keine Lust, mit ihm darüber zu diskutieren.

Also haben wir eine Weile angestrengt geschwiegen. Er trank in kleinen Schlucken. Er nimmt sich immer Zeit beim Essen und Trinken. Da ist er sehr langsam.

Ich hatte meinen Espresso längst ausgetrunken.

Er hat aufgeblickt, sein Glas abgestellt und gefragt: »Und wie geht's dir sonst so?«, als wären wir alte Kumpels, die sich zwanzig oder dreißig Jahre nicht gesehen haben. Ich hätte fast mit den Achseln gezuckt und geantwortet: »Prima, und dir?«

Aber da habe ich mich sagen hören: »Lola ist schwanger. Von ihrem neuen Freund.«

Warum sagte ich das, verdammt?!

Er hat nicht gleich geantwortet, sondern in sein Glas geschaut. Er sah aus, als wäre es ihm peinlich. Und ich hätte am liebsten mit dem Kaffeelöffel Harakiri gemacht.

Ich konnte fast hören, wie er nachdachte. Ich wusste, dass er nach dem richtigen Angriffswinkel suchte, als wäre ich eine Mauer mit Fundamentproblemen, eine schiefe Wand. Er war wohl am Berechnen, wo er Stützbalken anbringen müsste, um diese verdammte Bruchbude zu sichern, bevor es zu spät war und alles zusammenkrachte.

Schließlich hat er hochgeguckt. »Macht dich das unglücklich?«

Ich war auf alles gefasst, auf seine übliche Gleichgültigkeit, auf einen seiner blöden Kneipensprüche, »Tja, so ist das Leben, was will man da machen?«, »Andere Mütter haben auch schöne Töchter«, oder meinetwegen, dass er mir den Kopf wusch: »Du hättest sie eben behalten müssen, Idiot!«

Ich war auf alles gefasst, nur nicht darauf.

Nicht auf diese Frage, nicht auf diesen Blick, der zu sagen schien: »Ich würde gern meine Pranke auf deine Hand legen, mein Sohn, wenn ich nicht zu sehr Angst hätte, auszusehen wie ein Trottel.«

»Geht schon«, habe ich gemeint.

Da meine Stimme aber auf der letzten Silbe ganz heiser wurde und auf einmal versagte, hätte ich ihm genauso gut gestehen können, dass ich todunglücklich war.

Ich spürte, wie ich bis unter die Fußsohlen rot wurde, mir war heiß, und ich hatte plötzlich einen bitteren Geschmack im Mund. Und als mir dann auch noch Tränen in die Augen geschossen sind, habe ich es nicht mehr ausgehalten, ich bin aufgesprungen und habe meinen Vater da sitzenlassen. Ich bin einfach losgerannt.

Ich hätte es nicht ertragen, vor meinem Vater zu weinen.
Weder vor ihm noch vor mir.

Ich bin zum Arbeitsamt gegangen, um mein Gewissen zu beruhigen. In der Eingangshalle habe ich die neuesten Stellenangebote gelesen: nichts, wie üblich. Nur nervtötende Sachen.

Außerdem ist es so: Sobald ein Angebot auch nur ungefähr meiner Ausbildung entspricht, steht immer dabei: Berufserfahrung erforderlich. Kann mir mal jemand erklären, wie man Berufserfahrung kriegen soll, wenn einem niemand Arbeit gibt?

Als ich gerade wieder gehen wollte, hat mich die Frau an der Theke zu sich gewinkt: »He! Warten Sie mal! Ich hätte da vielleicht etwas für Sie, ab nächster Woche: einen befristeten Job in der Tagesklinik am Boulevard Mallarmé. Empfang und Telefonvermittlung. Das ist doch Ihr Profil, oder?«

»Äh, nein, nicht ganz ... Ich habe eine Ausbildung in Public Relations. Steht in meinem Lebenslauf.«

»Ja, ja, das sehe ich. Dann könnten Sie das, oder? Telefonvermittlung, das ist doch Public Relations, nicht?«

Ich habe gemeint, ja, klar, das ist schon die gleiche Branche, wenn auch nicht ganz der gleiche Zweig.

»Dann ist das also Ihr Profil!«, hat die Frau wiederholt.

Ihr Profil hätte ich auch gern gesehen, nachdem es von jemandem poliert worden wäre, der nicht so feige, aber dafür gewaltbereiter ist als ich.

Aber ich habe mich damit begnügt, sie dümmlich anzulächeln.

Manchmal ist eine gute Erziehung eine Behinderung.

Auf der anderen Straßenseite kam Alex gerade aus dem Tabakladen. Wir waren in der Garage von Zackenbarts Haushaltsgeräteladen, das Schwingtor stand offen. Sie hat uns zugewinkt und ist rübergekommen. Als sie das Gespann gesehen hat, hat sie ein anerkennendes Pfeifen von sich gegeben.

Oder vielleicht, als sie das Gespann mit dem Zackenbarsch drauf gesehen hat, mit seinem Helm auf dem Kopf, in T-Shirt, Shorts und Flipflops. Der Zackenbarsch hat ihr das Ding komplett präsentiert: den Lack, die Chromteile, die Schwinggabel.

»Willst du's ihr verkaufen?«, habe ich gefragt.

Sie hat gelächelt. »Da würde er sich umsonst bemühen, ich habe nicht das nötige Kleingeld. Aber zu einer kleinen Probefahrt würde ich nicht nein sagen ...«

Sie hat sich mit einer geschmeidigen Bewegung neben mich auf das Tiefkühlgerät gestemmt, auf dem ich saß. Es war alles ganz natürlich. Sie kam an, machte es sich bequem, und es störte uns nicht, weder den Zackenbarsch noch mich. Als wäre sie schon immer da gewesen.

Der Zackenbarsch hat sie gefragt, wo sie ihren Verrenkungskünstler geparkt hätte.

»Meinen was?«

»Deinen Kumpel Gérard.«

»Ach so! Der ist zu Hause geblieben. Ich war heute Morgen auf Arbeit. Ich fahre ihn nur aus, wenn ich freihabe.«

Sie redete ein bisschen über ihn wie über einen Hund, den

sie zum Pinkeln ausführte, aber es war keine Ironie. Eher eine Art Zärtlichkeit.

Wir haben noch zehn Minuten weitergequatscht, bis plötzlich Monsieur Zackenbart in die Garage geplatzt ist. Er hat Alex gemustert, mich kaum angeschaut – nicht mal »Guten Tag«, wie üblich –, dann hat er gemotzt: »Olivier, der Riemen für den Whirlpool von Monsieur Guimont, der gestern mit der Post gekommen ist – wo hast du den hin?«

»Auf deinen Schreibtisch, ich habe ihn in der Verpackung gelassen.«

»Ich hatte dir doch gesagt, du sollst ihn auf die Theke legen, verdammt, ich suche ihn seit einer Stunde! Und hast du nichts Besseres zu tun, als hier mit deinen Freunden zu plaudern? Meinst du nicht, wir könnten im Laden etwas Hilfe gebrauchen, deine Mutter und ich? Wie wär's, wenn du mal absteigen und deinen Hintern bewegen würdest?«

»Ist ja gut, ich komme!«

Sein Vater hat genervt in den Regalen gekramt und ist dann mit leeren Händen wieder rausgegangen, ohne »Auf Wiedersehen« oder sonst was.

Äußerlich sieht er seinem Sohn ähnlich, ist aber ein paar Nummern kleiner. Wie ein Bonsai des Zackenbarschs.

Alex hat mich ein Stück begleitet. Sie hat sich eine ihrer kleinen Zigaretten gedreht und mir auch eine. Auf der Place Gambetta haben wir uns einen Moment auf eine Bank gesetzt.

»Wie alt bist du noch mal?«, hat Alex gefragt.

»Achtundzwanzig.«

»Und was würdest du gern machen? Im Leben, meine ich.«

Ich habe ihr gesagt, dass genau das mein Problem wäre: Nicht zu wissen, was ich mit meinem Leben anfangen sollte. »Du verstehst das sicher nicht: Du machst, was du willst, du brauchst niemanden.«

Sie hat das Gesicht verzogen und gemeint, ihrer Ansicht nach gäbe es das nicht, Leute, »die niemanden brauchen«. Manche wären unabhängiger als andere, klar. Aber man könnte nicht ein Leben lang allein bleiben, das wäre zu hart. Sie hat gesagt, man bräuchte Freunde, Liebste, eine Familie, eine Katze, einen Hund.

Irgendjemanden.

Sie schien zu wissen, wovon sie redete.

Da habe ich mir gesagt, dass ihre Art, durchs Leben zu gehen, vielleicht doch nicht nur Vorteile hat. »Und hast du irgendjemanden?«

Sie hat eine undeutliche Handbewegung gemacht. »Mehr oder weniger.«

Und dann, mit einem kurzen Lachen: »Eigentlich eher weniger! Und du?«

Ich habe ihr von Lola erzählt.

Ich glaube, ich bin nicht mehr ganz dicht: Ich erzähle aller Welt von ihr, ich bin total besessen.

Alex hat mir nichts geraten. Sie hat keine Banalitäten abgelassen über das Leben, die Liebe und all so was. Glück, Schmerz …

Sie hat mir einfach nur zugehört, und das hat gutgetan.

Heute Morgen bin ich ins Personalbüro bestellt worden. Die Personalchefin ist eine hübsche Frau um die vierzig, lässig-sportlich-schick, ohne zu übertreiben. Sympathisch. Sie hat mich gebeten, mich zu setzen, um mir mit sanfter, mütterlicher Stimme und einem Hauch Bedauern im Gesicht mitzuteilen, dass mein Zeitvertrag nicht verlängert wird.

»Sie sind kompetent, Mademoiselle Allery, es ist nicht Ihretwegen, ich habe ausschließlich positive Rückmeldungen über Ihre Arbeit bekommen, aber wir werden in den nächsten sechs bis acht Monaten keine Zeitverträge mehr verlängern. Sie wissen ja, dass wir in Anbetracht der Lage nicht darum herumkommen, bis Ende nächsten Jahres sehr spürbar Stellen zu streichen …«

Wie oft würde sie diesen Satz wohl noch wiederholen müssen, um verängstigten Frauen und Männern zu erklären, dass die guten Zeiten vorbei waren, dass das, was sie für ein Galeerensklavenleben hielten, das Paradies war im Vergleich zu dem, was sie jetzt erwartete?

Wie viele Leute würden in ihrem Büro oder draußen auf dem Gang von einem gerechten Zorn, von einer *sehr spürbaren* Verzweiflung ergriffen werden?

Sie muss meine Gleichgültigkeit für Niedergeschlagenheit gehalten haben, denn sie setzte noch ein paar hohle, aber gutgemeinte Worte hinzu, bevor sie mich zur Tür brachte: »Ich weiß, dass es schwierig ist, Mademoiselle Allery. Machen Sie eine kleine Pause, holen Sie sich am Automaten einen Kaffee, die Zeit wird Ihnen nicht abgezogen, keine Sorge.«

In der Brüterei kamen die anderen Frauen sofort auf mich zu. »Na, alles klar? Was hat sie dir gesagt?« Und dann: »Nicht zu enttäuscht? Weißt du, wo du jetzt hingehen wirst?«

Alles andere als Überraschung in ihren Stimmen.

Hier weiß man genau, was so eine Vorladung bedeutet. Zeitverträge werden nicht verlängert, man trennt sich von den Schwächsten. Kündigungen mit bescheidenen Abfindungen, vorzeitige Ruhestände.

Man stutzt und beschneidet, weiter und weiter, immer dichter hin zum Stamm. Auf dem Rasen verfaulen die Blätter und Zweige, die der Wind schon ein paar Wochen früher heruntergerissen hat – der Sturm ist schuld, der unsere Welt durchschüttelt.

Schlechte Zeiten, schlechtes Klima.

Aus ihren glasigen Augen sprach besorgte Neugier. Morgen, übermorgen würden sie an der Reihe sein. Und ich traute mich nicht, ihnen zu sagen, dass es mir völlig egal war. Ich wäre sowieso irgendwann gegangen.

Aber zum ersten Mal schämte ich mich für diese Leichtigkeit, weil ich wusste, wie unerträglich die gleiche Aussicht für die meisten von ihnen wäre.

Ich würde mich zu neuen Ufern aufmachen, und die Vorstellung gefiel mir.

Als ich dann aber nach Hause kam und Roswell vor der Tür sitzen sah, auf dem alten Plastiksessel, den Marlène ihm gnädigerweise überlassen hat – weil die richtigen Stühle, »Nee, das kostet ja ein Schweinegeld, wenn man die neu bespannen muss« –, als ich sah, wie er mir auf seine Roswell'sche Art zuwinkte, wild durch die Luft fuchtelnd, da habe ich mir gesagt, dass es dieses Mal weniger leicht, weniger lustig werden würde.

Ich habe Roswell gesagt, dass ich weggehen werde. Er hat gefragt, wann. Ich habe ihm geantwortet, mir wäre gerade gekündigt worden, mit einer Frist von einem Monat – nicht ganz, wegen der Urlaubstage, die mir noch bleiben.

Er hat mit dem Kopf gewackelt, und sein Mund zitterte auf der einen Seite ein bisschen. Er wollte wissen, wo ich hingehen werde.

»Ich weiß noch nicht.«

»Kkkommssu wieder?«

»Vielleicht, irgendwann. Ich weiß es nicht. Ich kann es dir nicht versprechen, verstehst du?«

Er hat seine Katzenbewegung gemacht: Stirnstoß schräg nach oben, ins Leere. Sein Blick war plötzlich ernst und nachdenklich.

Er wollte mir gern etwas sagen, das wusste ich genau, aber es fällt ihm immer so schwer. Wenn er spricht, ist es, als müsste er die Wörter tief aus der Erde hervorbuddeln, sie eins nach dem anderen dem Lehm entreißen und einzeln mit Spucke befeuchten, damit sie glänzen.

Er hat es vorgezogen, zu einem seiner Gedichte anzusetzen, das ich unter Mühe entschlüsselt habe.

Wir werden nicht mehr durch die Wiesen gehen
Im ersten Morgenstrahl

»Werde ich dir fehlen?«

»Mja.«

»Du wirst mir auch fehlen.«

»Weisssichdoch. Ppech für dichh.«

»Na ja, so sehr auch wieder nicht! Mach dir mal keine Illusionen!«

»Du auchnich. Ich wollenur hölich ssein …«

»Na klar, ich wollte auch nur höflich sein! Weil ich *sssehr nett* bin!«

Er hat gelacht.

»Aleksh?«

»Ja?«

Er hat mir bedeutet, zuzuhören, und sein Gedicht weiter aufgesagt, so gut es ging:

Soll man auf der Mitte des Weges
schon zurückschauen?

Da hat er aufgehört. Als würde er warten. Und ich wusste nicht, was ich antworten sollte.

Natürlich würde ich nicht zurückschauen. Das hatte ich noch nie getan.

Aber in meinem Herzen war ein Rückspiegel. Um zu wissen, was ich hinter mir ließ, musste ich mich nicht umdrehen.

»Unn jetss immrovisierich für dichn Llied!«

Ich habe »Neeein!« geschrien.

Zu spät.

Roswell hatte schon aus voller Kehle einen absolut fürchterlichen Abschiedsgesang angestimmt.

»Wirst du wohl aufhören mit dem Radau, verdammt noch mal?!«, hat Marlène aus der Küche gebrüllt.

Wenn sie heraufgekommen wäre, hätte sie uns dabei erwischt, wie wir eng umschlungen den Tango neu erfanden.

Am nächsten Tag bin ich früh von der Arbeit weg. Ich habe in der Stadt zwei, drei Sachen besorgt und mir einen neuen Krimi geholt. Das ist seit ein paar Wochen das Einzige, worauf ich Lust habe. Es gibt solche Zeiten.

Als ich aus dem Tabakladen rauskam, habe ich Cédric und Olivier gesehen, die auf der anderen Straßenseite rumstanden, in einer Garage mit einem Ladenschild darüber. Ich bin hin, um hallo zu sagen. Ich wusste nicht, dass Oliviers Eltern einen Haushaltsgeräteladen besaßen. Ich war schon oft daran vorbeigegangen. Aber da war Olivier für mich noch ein durchgeknallter Fettsack, der mich anbellte, *Wau! Wau!*, …

Ich musste lachen, als ich daran zurückdachte.

Nach einer Weile sind Cédric und ich dann in Richtung Innenstadt los. Wir haben ein bisschen auf dem Platz vor der Kirche abgehangen und einem jungen Mann zugeschaut, der als Märchendrache verkleidet war und heldenhaft versuchte, Straßentheater zu machen. Cédric schaute mit großen Kinderaugen zu, er fand das toll, total cool, diese Art zu leben. Ich dagegen sah den fast leeren Platz und den armen Kerl, der ganz allein seine Nummer abzog, vor einer Handvoll aufgekratzter Kinder und ihren müden Müttern, die sich miteinander unterhielten, ohne wirklich hinzusehen. Er hat nicht viel Kohle eingesammelt mit seinem Hut. Reichensteuer musste der sicher nicht bezahlen. Das ist manchmal der Preis der Freiheit.

Arm bleiben zu wollen ist eine kostspielige Sache.

Ich war mal einen Sommer lang mit einem Italiener zusammen, der auf einem Einrad jonglierte und Feuer spuckte.

Ich erinnere mich an den Geruch von hochgereinigtem Petroleum, den er verströmte. Kein Geruch, der Liebe weckt.

Aber gut, er war kein schlechter Liebhaber. Und ich mochte seinen Humor.

Ich habe mich von Cédric verabschiedet, als wir fast bei ihm zu Hause waren, und bin auf ein Stündchen zu Kaan gegangen, dem schönen Oud-Spieler. Er teilt sich mit seinen zwei Musikerfreunden eine Wohnung in der Fußgängerzone. Das ist nicht ideal für solche Rendezvous, aber sie sind so diskret, dass man sie vergisst, und wenn wir die Tür zumachen, ist es, als wären wir allein auf der Welt. Kaan hat ein weiches Gemüt und so sanfte Augen. Er möchte, dass ich bleibe. Er wird eine schöne Seite in meinem virtuellen Fotoalbum bekommen. Ich habe ihn übrigens mehrmals fotografiert. Das ist selten. Ich fotografiere fast nie Leute, die ich kenne. Und schon gar nicht die, die ich liebe.

Ich habe Angst, sie für immer zu fixieren, sie nicht mehr anders sehen zu können als erstarrt, eingesperrt in diesem einen Moment und mit einem Ausdruck, der ihnen fremd ist. Ich mache lieber Aufnahmen von Landschaften in der Abenddämmerung und von Städten bei Nacht. Oder Porträts von Unbekannten.

Fotografin, das hätte mir gefallen. Ich habe ein paar tausend Fotos. Oft sage ich mir, dass es sinnlos ist, dass ich sie wahrscheinlich nie wieder anschauen werde.

Aber das ist nicht schlimm: Ich habe sie.

Ich habe auch Roswell fotografiert. In seinem Zimmer, mit nachdenklichem Blick im Sessel sitzend. Im Gegenlicht vor dem Fenster, bei Einbruch der Dunkelheit. Und auf seiner Karre, die Mütze tief in die Stirn gezogen, in seine Decke gewickelt, wie eine dicke Raupe in einem Wollkokon.

Marlène schien einen guten Tag zu haben. Einen freundlichen Tag.

Das gibt es.

Ich hatte mich draußen auf meinen Schlafsack gelegt, im Schatten eines Apfelbaums, um mein Buch zu Ende zu lesen. Sie saß am Gartentisch und nähte einen Knopf an. Plötzlich hat sie den Kopf gehoben: »Ich hab dir noch nie mein Schlafzimmer gezeigt, oder?«

Sie hat mich das in einem feierlichen Ton gefragt, als ginge es um ein Privileg, um eine Führung ins Boudoir der Königin. Sie sagt immer »*mein* Schlafzimmer«, auch wenn Bertrand dabei ist.

Mein Haus, mein Garten, meine Küche. Dein Bruder.

Ich habe von meinem Buch aufgeblickt. Es traf sich gut, ich hatte gerade die letzte Zeile gelesen.

»Mein Schlafzimmer! Das hast du noch nie gesehen!«

»Nein, noch nie«, habe ich geantwortet und interessiert getan.

Ich hatte auch einen guten Tag. Ich war versöhnlich gestimmt.

»Hättest du Lust?«

Ich hatte nichts Dringenderes zu tun. Also bin ich ihr gefolgt.

Ihr Schlafzimmer liegt im Erdgeschoss, ganz am Ende des Flurs, hinter dem Bad. Sie hat mich vorsichtig in ihr Reich treten lassen, das sorgfältig aufgeräumt war. Ein Bettüberwurf aus rosa Chenille mit zwei dicken Kissen in Bezügen aus dem gleichen Stoff, zwei Nachttischchen, eine furnierte

Kommode, ein Samtsessel, zwei Stühle. Ein großer Spiegelschrank direkt gegenüber vom Bett. Und an den Wänden überall Zeichnungen. Ein paar Berglandschaften, eine Porträtgalerie, alles in Bleistift. Stellenweise war die Tapete gar nicht mehr zu sehen.

»Hast du das alles selbst gemacht?«

Sie hat genickt, mit einem bescheidenen und zufriedenen Lächeln.

Sie hat mir gesagt, das Zeichnen wäre ihre Leidenschaft, schon immer gewesen. Neben der Berufung zum Topmodel hätte sie das im Blut, von klein auf.

»In der Schule war ich die Beste! Die Lehrerin hängte meine Bilder immer auf. Meine Mutter erzählte allen Leuten, ich wäre die Künstlerin in der Familie.«

Sie war wieder acht Jahre alt. Ich sah in ihren Augen die Vergangenheit leuchten, den Stolz ihrer Mutter, die an die Wand gepinnten Zeichnungen, die in der Schule ausgehängten Bewertungen:

Dritte Klasse / Zeichnen
Erste: Marlène Dachignies
Zweite: …

Ich habe mir die Porträts der Reihe nach angeschaut. Lauter Berühmtheiten aus dem Showgeschäft, Schauspieler, Sänger. Bei einigen war die Ähnlichkeit deutlich, andere erinnerten irgendwie an irgendwen. Ein großes Porträt, durch einen verschnörkelten Holzrahmen zur Geltung gebracht, thronte über der Kommode.

»Äh … das ist Michel Sardou, oder?«

Ich hatte meine Vermutung als Frage formuliert, für alle Fälle. Aber Marlène strahlte sofort.

»Na klar! Wer denn sonst? Hast du gesehen, wie schön er

ist? Ich habe ihn von einem Foto abgezeichnet, mit einem Raster. Sechsundvierzig Stunden habe ich gebraucht. Ich habe ihn sogar im Gemeindesaal gezeigt, bei der Ausstellung der Künstler und Kunstfreunde vor drei Jahren. Alle haben mich beglückwünscht.«

»Ich habe dich noch nie zeichnen sehen, seit ich hier bin.«

»Weil ich es nicht mag, wenn man mir zuschaut. Nicht einmal Bertrand darf das.«

Bertrand durfte nicht viel, das war nichts Neues.

»Warum hängst du sie nicht woanders auf? In deinem Wohnzimmer? Im Hauseingang?«

Sie hat nachgedacht und dabei an ihren Vorhängen rumgezupft. »Ach, ich weiß nicht … Keine Lust. Ich will niemanden neidisch machen. Ich zeichne nur für mich selbst. Nicht, um anzugeben.«

Auf der furnierten Kommode stand auf einem weißen Deckchen, zwischen einem staubtrockenen Hochzeitsstrauß unter einer Glasglocke und einer Schneekugel mit einem Weihnachtsmann, ein Foto von einem frischverheirateten jungen Paar vor einer Kirche. Eine hübsche, üppige Blondine mit fröhlichem Blick und ein langer Lulatsch in einem engen schwarzen Anzug.

Marlène ist meinem Blick gefolgt und hat eine ernüchterte Grimasse gezogen. »Das war am Tag meiner Hochzeit. Vor zweiundzwanzig Jahren …«

Meine Hochzeit.

Ich bin näher rangegangen, um die beiden besser zu sehen.

Marlène, noch rank und schlank, als Meringe verkleidet, den Brautstrauß fest ans Herz gedrückt.

Bertrand, der damals schon aussah wie heute, nur mit Haaren. Den Scheitel mit Pomade angeklatscht, die Krawatte etwas zu eng um den Hals.

Marlène hat hinter meinem Rücken mit den Zähnen geknirscht: »Tja, man verändert sich, nicht?«

Aus Höflichkeit habe ich geantwortet: »Ooch, so sehr nun auch wieder nicht.«

»Pfff, veräppel mich nicht! Wenn ich mir anschaue, wie er damals war und was inzwischen aus ihm geworden ist …«

Ohne sie anzusehen, habe ich gesagt: »Aber du hast dich dagegen nicht sehr verändert.«

»Ich bin eine Frau, das ist normal. Da weiß man, wie man sich in Form hält. Wenn du gut auf dich achtest, wirst du in meinem Alter auch so aussehen wie ich.«

Mir lief es kalt den Rücken runter.

»Na ja, man darf sich auch nicht zu viel erträumen …«, hat Marlène noch hinzugefügt, mit den Augen gezwinkert und ihre Möpse vorgestreckt.

Ich habe etwas enttäuscht getan.

»Ach, das war doch nur Spaß! Mach dir keinen Kopf, es gibt jede Menge Männer, die Spiegeleier-Titten mögen!« Dann hat sie in die Hände geklatscht. »So, genug gequatscht! Ich muss Wäsche waschen. Hast du was für die Maschine?«

Wir haben Marlènes Zimmer wieder verlassen, das Lächeln von Michel Sardou an der Wand, einen Bertrand mit Haaren, die Hochzeit hinter Glas und den Strauß unter der Glocke.

Im Flur hat sie dann einen Sardou-Schlager vor sich hin gepfiffen, »La maladie d'amour«.

Als ich am nächsten Tag von der Arbeit kam, schrie Marlène in der Küche herum, mit dieser schrillen, hysterischen Mädchenstimme, die sie manchmal hat, wenn sie ihre Nervenkrise kriegt.

Sie brüllte ihre Wut nur so raus, und ich hörte das Geschirr schon vom Garten aus scheppern.

Ich bin hineingegangen und habe sie mitten in der Küche stehen sehen, krebsrot, mit wirrem Haar, vollkommen außer sich. Überall lagen Glasscherben und zerschlagene Teller.

Als sie mich bemerkte, holte sie tief Luft, um sich wieder etwas zu beruhigen, aber ohne den Wasserkrug loszulassen, den sie gerade an die Wand schmeißen wollte.

»Guten Tag«, habe ich gesagt.

Sie wartete wahrscheinlich nur auf mich, um ihren ganzen Überdruck abzulassen. Jedenfalls hat sie mich sofort ins Vertrauen gezogen. »Weißt du, was er gemacht hat, dieser Hohlkopf?«

Roswell hatte wohl wieder mal einen Einfall gehabt. Dabei roch es weder nach Popcorn noch irgendwie angebrannt, es musste etwas anderes sein. Vielleicht hatte er versucht, allein auf die Toilette zu gehen, was in der Regel eine Gesamtreinigung der Fliesen und des Klos bedeutete, dazu die Wäsche der Hose, der Unterhose und manchmal auch der Socken – wenn man so tatterige Hände hat wie er, ist die Sache mit den Reißverschlüssen und Hosenknöpfen nämlich ganz schön kompliziert.

»Weißt du, was er gemacht hat, der verdammte Idiot?«

Sie glühte vor Wut.

Es war sicher die Toilette.

Ich habe mich an den Tisch gesetzt und sie angeschaut.

Ich musste nur abwarten.

Sie drehte sich im Kreis wie eine vergiftete Ratte, sie schien fast zu platzen. Sie fing an, die Scherben zusammenzukehren, aber auf so unkontrollierte Art, dass sie sie nur weiter verteilte.

Schließlich hat sie damit aufgehört, sich auf den Stuhl mir gegenüber fallen gelassen und mit tonloser Stimme gesagt: »Er hat die Woche genommen!«

Sie lauerte auf meine Reaktion. Offensichtlich dachte sie, sie hätte genug gesagt, damit ich empört aufsprang und anfing, mit ihr zusammen Geschirr zu zerdeppern.

Ich habe gefragt: »*Was* hat Gérard genommen?«

Marlène hat wütend mit den Achseln gezuckt. »Nein, doch nicht Gérard! Willst du mich veräppeln, oder was? Ich rede von Bertrand, diesem Trottel, diesem Rindvieh!«

Ich habe mein Kinn in die Hand gestützt und weiter gewartet.

Sie hat tief Luft geholt. »Er hat bei einem Spiel mitgemacht, im Internet: Man muss Fragen beantworten, und wenn du es richtig machst, nimmst du an einer Verlosung teil ... Es ging ums Radfahren. Da kennt er sich aus.«

»Okay. Ein Spiel. Und weiter?«

»Er hat den zweiten Preis gewonnen!«

»Das ist doch eine gute Nachricht, oder?«

»Von wegen!« Sie sah aus, als würde sie gleich explodieren. »Er hatte die Wahl zwischen einer Küche, *voll ausgestattet – Haushaltsgeräte extra gegen Aufpreis*, und einer Woche mit Halbpension, und er ... und er ... er hat mich nicht mal gefragt, er hat ... er hat die Woche für zwei genommen, am Meeeeeeeer!«

Und sie ist in Tränen ausgebrochen.

Sie weinte wie ein kleines Mädchen, presste beide Fäuste auf die Augen und wischte sich die Tränen mit dem Handrücken ab, wobei sie ihre Wimperntusche übers ganze Gesicht verschmierte.

Zwischen zwei Schluchzern brachte sie hervor: »Da ... da kann er ... allein hinfahren ... ans ... Meeeeer! Ganz allein ... hörst du-hu-hu?!«

Ich sah ihre Verzweiflung. Es war der Weltuntergang, nur schlimmer.

Ich habe »Wird schon, wird schon« gemurmelt, ohne viel Überzeugung,

Als sie wieder aufgeschaut hat, sah sie aus wie ein Panda.

Ich habe gesagt: »Deine Küche ist doch sehr gut, so wie sie ist. Und eine Woche Urlaub wird dir nicht schaden, weißt du? Neulich hast du doch noch gesagt, dass du nie wegfährst ...«

Marlène hat sich mit dem Geschirrtuch die restlichen Tränen getrocknet. Sie hat geschnieft und den Kopf geschüttelt, niedergeschlagen und enttäuscht. Sie träumte von Berggipfeln, und da kam man ihr mit Stränden, wo sie doch nicht mal einen Badeanzug hatte. Sie war wirklich ein Pechvogel. Das große Los war einfach nie für sie bestimmt.

»Wo ist das denn mit deiner Halbpension?«

Sie hat wieder geschnieft. »In Brides-les-Bains. Ich weiß nicht mal, an was für einem Meer das ist!«

Ich bin aufgestanden und habe Marlène gesagt, dass ihr Badeort in den Alpen ist.

In den Alpen.

Und dann bin ich hochgegangen, um Roswell hallo zu sagen.

Er saß in seinem Sessel am Fenster.

Er schlief wie ein Bär im Winter, mit seiner Schatzkiste auf dem Schoß. Das ist eine Art Schuhschachtel mit großen Sonnenblumen auf dem Deckel, in der er Dinge aufbewahrt. Wenn ich hereinkomme, während er gerade dabei ist, seine Sachen zu sortieren, macht er die Schachtel normalerweise sofort wieder zu – was allerdings eine Weile braucht, so schwer, wie ihm jede Bewegung fällt – und stellt sie auf die Kommode neben dem Sessel. Topsecret.

Ich habe ihn einen Moment lang angeschaut.

Sein Kopf war seitlich auf die Lehne gesackt, er schnarchte lauter als ein Ultraleichtflugzeug, die Schachtel lag schräg auf seinen Beinen, kurz davor, herunterzufallen.

Sogar wenn Roswell schläft, schüttelt es ihn. Er hat Zuckungen, plötzliche Krämpfe, seine Schaltkreise kommen einfach nicht zur Ruhe. Aber sein Gesicht ist friedlicher, und dann sieht er Bertrand gleich etwas ähnlicher.

Ich bin zum Fenster gegangen und habe die unvergleichliche Aussicht gewürdigt, die er dreihundertfünfundsechzig Tage mal vierundzwanzig Stunden im Jahr genießen darf … Das Dach vom Schuppen, die Wäscheleine, auf der seine Unterhosen und die seines Bruders trocknen, neben den Büstenhaltern von Marlène. Dann das Gartentor und ein Stück Weg. Links die Lagerhallen, etwas weiter hinten die Fabrik. Rechts die Pappeln, die am Kanal stehen.

An jedem Tag seines Lebens.

Ich fragte mich, ob er sich langweilt, ob ihm die Zeit lang wird.

Oder vielleicht beruhigt es ihn auch, immer dasselbe zu sehen?

Ich wollte wieder hinausgehen, als sich eins seiner Beine plötzlich entspannte. Die Pappschachtel segelte auf den Boden, der Deckel auf die eine Seite, der Rest auf die andere und eine ganze Ladung Krimskrams dazwischen. Roswell ist nicht aufgewacht.

Ich habe angefangen, die Fotos und Briefe aufzusammeln, die über den Teppichboden verstreut lagen.

Auf den meisten Bildern sah man immer wieder die gleiche Frau, eher groß, mit einem mageren Gesicht und dichtem, dunklem Haar. Ernste Augen.

Auf einem Foto hatte sie einen Säugling im Arm, eingewickelt in eine bunte Patchworkdecke, die sie sicher selbst gehäkelt hatte. Sie war noch recht jung, zwischen fünfunddreißig und vierzig. Schwer zu sagen bei diesem traurigem Blick. Auf einem anderen Foto sah man sie in einem Park, zwischen zwei Kindern, einem ungefähr zehnjährigen kleinen Jungen und einem lächelnden Baby. Einem komischen Baby, das total schlapp in einem Laufgestell hing. Im Hintergrund auf dem Rasen saß ein Mann, etwas unscharf, der starr ins Objektiv schaute, völlig ausdruckslos. Er war auch auf anderen Fotos. Aber auf nicht sehr vielen.

Porträts von Roswell gab es dagegen eine Menge, in jedem Alter. Und auf der Rückseite mit Bleistift gekritzelte Sätze oder Nachrichten, immer mit der gleichen Handschrift.

Heute ist mein Baby drei Jahre alt geworden, es hat die schöne rote Jacke an, die seine Mama ihm gestrickt hat.

Gérard und Bertrand auf dem Karussell. Mein Baby hat die ganze Zeit gelacht, am liebsten steigt es mit Bertrand in das kleine Flugzeug!

Gérard und Bertrand am Meer, die Sonne hat den ganzen Tag geschienen.

Auf dem Foto sah man einen mageren, missmutigen Jungen mit einem Entenschwimmreifen um den Bauch. Im Schatten des Sonnenschirms lag die hässliche kleine Kröte auf einem Handtuch, Arme und Beine ausgebreitet, den Mund zu diesem ungeheuren Lächeln aufgerissen, das andere Leute abstoßend finden mussten.

Du bist das schönste Baby der Welt. Der Stolz Deiner Mama.

Auf den Fotos sah ich Bertrand und Gérard immer größer und ihre Mutter immer älter werden. Der unscharfe Mann war nicht mehr da. Bertrand hatte damals schon diese abwesenden Augen, diesen Sackgassenblick.

Ich sah, wo sie gelebt hatten. Gérard und Bertrand, die beiden Brüder. Ein kleines Reihenhaus mit weißer Fassade. Ein Stückchen Garten, eine Schaukel.

Gérard und seine Mama auf der Vortreppe, beide zusammen in einem Sessel. Gérard und seine Mama im Garten. Gérard und ein Geburtstagskuchen voller Kerzen. Bertrand erwachsen und Gérard als Jugendlicher, der sich auf seinen Arm stützt, vor der Haustür. Gérard und seine Mama in einer ordentlich aufgeräumten Küche. Er stehend, etwas schief auf eine Stuhllehne gestützt, sie am Tisch sitzend, den Kopf leicht geneigt. Bertrand auf einem Rennrad, mit stolzem Blick.

Ein Fest mit einem Dutzend Leuten, Bertrand und Marlène. Gérard im Vordergrund, der auf seine Finger schäumt, von seiner Mutter am Arm gestützt.

Sie: immer grauer, weißer, schrumpfend.

Er: immer verkrümmter, lächelnd.

Sie hatte ihm Dutzende von Briefen geschrieben. Tat sie das, um sich die Zeit zu vertreiben, um ihre Ängste zu vergessen? Las sie ihm die Briefe vor? Konnte er lesen?

Das hatte ich mich noch nie gefragt.

Konnte man sich zwischen seinen fahrigen Händen ein Buch vorstellen? Konnte man sich Roswell vorstellen, wie er eine Seite umblätterte, ohne sie zu zerreißen, wie er mit seinem unsteten Blick einer Zeile bis zum Ende folgte?

Die Briefe waren jedenfalls da. Ich hatte nicht vor, sie zu lesen, mein Blick hat nur zwei oder drei Sätze gestreift, ist an ein paar Worten hängengeblieben.

Mein Liebling, ich möchte immer bei Dir bleiben können. Du bist mein Sonnenschein, der Schatz meines Lebens, das Glück meiner Tage.

Wer wird Dich danach lieben, wie Du es verdienst?

»Danach.«

Wie schwer ihr dieses Wort gefallen sein muss.

Wie oft muss sie daran gedacht haben, was ihren Sohn erwarten würde, wenn sie einmal nicht mehr wäre. Deshalb hatte sie Bertrand gebeten, sich um seinen Bruder zu kümmern. Um diesen Bruder, der ihm schon als Kind eine solche Last gewesen sein muss.

Aber bis dahin verhätschelte sie ihn, widmete ihm ihre gesamte Zeit, schrieb ihm Briefe, brachte ihm Lieder bei, Gedichte, die sie manchmal für ihn abschrieb und mit Kommentaren versah, immer mit Bleistift und in der gleichen sorgfältigen, schulmäßigen Schrift.

Mein Liebling, hier ist der Anfang des Gedichts von Eugène Guillevic, das Du so gernhast:

> *Es gibt Monster, die sind sehr lieb*
> *Sie setzen sich mit zärtlich geschlossenen Augen neben dich*
> *Und legen ihre haarige Pranke*
> *Auf dein Handgelenk*

Ich habe alles aufgeräumt, die Schachtel wieder zugemacht und sie zurück auf Roswells Schoß gelegt.

Er schlief mit offenem Mund und tropfte friedlich auf die Armlehne.

Ich habe die Tür leise hinter mir geschlossen.

Roswell hat das ganze Abendessen über eine Comedy-Show abgezogen. Er hat mit vollem Mund gelacht, sich prustend und spuckend verschluckt, dann landete ein Ellbogen in seinem Teller und am Ende ein Löffel voll Nudeln auf dem Boden. Er war in Höchstform.

Marlène ließ ihn nicht aus den Augen, ihre Augenbrauen zogen sich zusammen, die Lippen wurden schmaler, und sie knabberte an der Innenseite ihrer Wangen. Ein nervöser Tick.

Bertrand tunkte die Fleischsauce mit Brot auf und sah dabei fern, wie immer.

Und ich schaute Marlène an, die wiederum Roswell anstarrte, und wusste, der Junge spielte mit seinem Leben, die Vergeltung würde nicht lange auf sich warten lassen und über ihn hereinbrechen wie die Heuschrecken über Ägypten.

Ein paar Minuten später dann der krönende Abschluss: Als Roswell aufstand, um zur Toilette zu gehen, blieb er an der Tischdecke hängen, sodass sein Teller und zwei Gläser in hohem Bogen durch die Luft flogen.

Damit war bei Marlène die Explosionsgrenze überschritten, sie ging hoch wie eine Rakete. »Jetzt schau dir diese Sauerei an! Siehst du eigentlich, was ich hier durchmache?« Sie brüllte zu Bertrand rüber. »Siehst du, was ich für ein Leben habe, mit diesem Schwachkopf, diesem Klotz am Bein?«

Das war die Ouvertüre.

Bertrand schälte in aller Seelenruhe seine Birne weiter: »Hör zu, ich sag dir was: Es bringt nichts, wenn du schreist.«

Je ruhiger er ist, desto mehr regt sie sich auf. »Von wegen, es bringt nichts! Es beruhigt meine Nerven! Und überhaupt: Ich schreie, wann ich will!«

»Na, dann schrei eben, wenn es dir guttut.«

»So redest du nicht mit mir! Und den Dreck von deinem Bruder kannst du gefälligst selbst wegmachen, ich bin hier nämlich nicht die Putzfrau!«

Drohende Stille. Pause. Sturmwarnung.

Ich habe meinen Roswell unter den Arm genommen, ihm ohne weiteren Kommentar seine Jacke übergezogen und verkündet, dass wir ein bisschen an die Luft gehen.

»Ja, genau, bring ihn mir außer Sichtweite, bevor ich ihm eine knalle!«

»Marlène, ich warne dich: Wenn ich sehe, dass du meinen Bruder anrührst ...«

»Das wirst du schon nicht sehen, bist ja eh nie da! Und überhaupt, was würdest du dann machen, hä? Mich schlagen vielleicht?! Hast doch sowieso nichts in der Hose! Ach, du kannst mich mal!«

»Und du mich erst – wenn du wüsstest ...«

Wir sind hinausgegangen, es war schönes Wetter. Ich mag es, wenn die Tage länger werden. In der Ferne hörte man die Frösche quaken. Und in der Nähe Marlène und Bertrand.

Ich habe Roswell seine Decke um die Schultern gelegt. Er hat mir mit seinem unglaublichen Lächeln gedankt und gesagt: »Dubisssnett.« Ich habe ihm geantwortet, ich wäre sehr geehrt. Er hat sich schlappgelacht.

»Was meinst du: Ob jetzt noch Enten am Kanal sind?«

Roswell hat den Kopf geschüttelt. »Weisssnich ...!«

»Wir könnten mal nachschauen, oder?«

»Ssssuper!«

Ich habe ihm seine Kutsche aus dem Schuppen geholt.

Seit der Zackenbarsch sein Gespann hat, spüre ich, dass er eine Idee ausbrütet. Er ist irgendwie noch schweigsamer geworden. Wegen Nachdenken geschlossen.

Am Montag ist es schließlich aus ihm rausgeplatzt. Als ich bei ihm in der Garage aufgekreuzt bin, hat er gesagt: »Wir stecken die Schlafsäcke in die Seitentaschen, das Essen und das Bier in den Beiwagen, und dann hauen wir ab.«

Er sagte das wie ein Knastbruder, der seinen Ausbruchsplan vorstellt. Mit einer latenten Spannung in der Stimme und einer wilden Entschlossenheit.

Ich habe gefragt: »Und wo nimmst du die Schlafsäcke her?«

»Ich habe die gesamte Ausrüstung. Willst du mal sehen?«

Er ist nach hinten gegangen, hat den Rasenmäher und den Grill beiseitegeschoben und eine Metallkiste unter dem Regal vorgezogen. Daraus hat er nach und nach eine echte Profi-Ausrüstung hervorgezaubert: Schlafsäcke, Überlebensdecken, Biwaksäcke, selbstaufblasbare Isomatten, Kocher, Gaskartuschen, Stirnlampen, Regenumhänge … Die Höhle des Ali Baba für Globetrotter.

Alles nagelneu. Und alles doppelt.

»Gehört das deinen Eltern?!«

»Nein, mir.«

Ich habe mich gefragt, mit wem er wohl vorhatte, im ewigen Schnee sein Lager aufzuschlagen, als er dieses ganze Material gekauft hat. Aber ich habe mich nicht getraut, ihn zu fragen.

»Und wohin hauen wir ab? Hast du eine Idee?«

»Scheißegal, wohin! Was zählt, ist abzuhauen.«

»Du hältst dich jetzt wohl für den Kollegen von Stef?«

Der Zackenbarsch hat gelacht.

Stef ist Judolehrer in einem Sportstudio, das auch Tai-Chi, Power Plate, Cardiofitness und Muskeln-Aufpumpen anbietet, in der Innenstadt.

Im Raum daneben sind die Bodybuilding-Kurse.

Der Lehrer ist eine wandelnde Reklame für Selbstbräuner und Zahnweißer. Er ist groß, sieht gut aus und ernährt sich von Proteinen. Ein lebender Ken mit noch mehr Muskeln.

Was aber Stef zufolge seinen wirklichen Charme ausmacht, ist eine wunderschöne Reihe von austauschbaren Floskeln, die er seinen Schülern ins Ohr schreit, während er neben ihnen auf der Stelle hüpft, weil er keine Sekunde stillhalten kann: »Was zählt, ist nicht das Ziel, *pffff!, pffff!,* sondern der Weg!« – »Wenn du deine Schwäche akzeptierst, *pffff!, pffff!,* wird sie zu deiner Stärke!« – »Wenn es dir in deinem Körper gutgeht, *pffff!, pffff!,* geht es dir auch in deinem Leben gut!«

Stef nennt ihn den Käng Guru.

Der Zackenbarsch hat gemeint, was er vor allem möchte, ist von hier weggehen.

Die Flatter machen, ganz einfach.

»Wir müssen unsere Hintern bewegen!«

»Wann willst du denn los?«

Der Zackenbarsch hat die Achseln gezuckt. »Ist mir Jacke wie Hose. Sag du.«

»Ich sage: Wann du willst.«

»Okay, dann sehen wir uns heute Abend«, hat der Zackenbarsch ernst geantwortet und auf die Uhr geschaut, als würden wir einen Einbruch vorbereiten. »Wir treffen uns um acht am Kanal und besprechen die Sache.«

Vor dem Treffen mit dem Zackenbarsch am Kanal bin ich noch bei Stef vorbeigegangen, um ihm eine DVD zurückzugeben.

Maïlys war auch da, seine Cousine, hübscher denn je, sie lachte ein bisschen zu laut über alles, was ich sagte, und schaute mich mit ihrem Klettverschlussblick an, während Stef und Sara, die so schwanger war, dass sie fast platzte, uns auffällig beobachteten. Die beiden wollten Parship spielen, das war klar.

Sie wollten mein Glück um jeden Preis, diese Saubande.

Es war nicht leicht, mich unbeschadet aus diesem Hinterhalt rauszumanövrieren. Maïlys ist ja wirklich süß. Sogar mehr als süß. Aber ich bin nicht in der Stimmung, an der erstbesten Angel anzubeißen, auch wenn der Köder hübsche Federn hat.

Stef hat mich bis vor die Haustür begleitet. Er wirkte besorgt. Wir kennen uns schon lange, er und ich. Sozusagen seit immer, wir waren schon im Kindergarten Freunde.

Er ist auf eine Zigarette mit mir draußen geblieben, ohne zu reden, den Blick auf den betonierten Horizont des Parkplatzes gerichtet. Als ich dann gehen wollte, hat er mich nur gefragt: »Du weißt Bescheid, oder? Wegen Lola?«

»Mmhm.«

»Und ... wie geht's dir damit?«

»Super.«

»Ach ja?! Du kannst vorbeikommen, wann du willst, oder

ruf an. Jederzeit, klar? Auch mitten in der Nacht, das macht mir nichts aus.«

»Okay, danke.«

Stef ist – mit dem Zackenbarsch – einer der wenigen Menschen, die ich tatsächlich zu jeder Tages- oder Nachtzeit anrufen könnte. Einer, der alles stehen- und liegenlassen würde, um mich am Ende der Welt abzuholen, wenn ich ein Problem hätte.

Und ich würde für ihn dasselbe tun.

Ich habe gelernt, dass das selten ist. Im Leben (jedenfalls in meinem) sind die Freunde eher von der Sorte: Solange du nichts brauchst, kannst du dich auf mich verlassen.

Stef und ich haben nicht mit zehn Jahren Blutsbrüderschaft geschlossen, dazu waren wir zu zimperlich. Wir haben nie in einem selbsterfundenen Code (das A ein Stern, das B ein Kringel, das C …) einen Schwur niedergeschrieben. Einen echten Geheimpakt, auf Leben und Tod, den wir auswendig gelernt hätten, um ihn dann im Mund zu Brei zu zerkauen.

Zwischen uns wurde nie etwas ausgesprochen. Er ist einfach mein Freund, basta.

Ich habe mich verabschiedet und bin losgegangen. Nach ein paar Schritten hat er mich zurückgerufen: »He, Cédric!«

»…?«

»Kennst du schon den neuesten Spruch?«

Jedes Mal, wenn wir uns sehen, erzählt er mir das Neueste vom Coach.

»Schieß los!«

»Ohne Niederlage, gibt es, *pffff!, pffff!*, keinen Sieg …!«

»Jaaaa, Mann, *keuch! keuch!* Nicht schlecht!«

Der Zackenbarsch saß auf seiner Maschine und wartete auf mich.

Er hatte ein schickes T-Shirt an, schwarz mit roten Flammen, passend zu seinem Tank. So, wie ich ihn kannte, musste er stundenlang im Internet danach gesucht haben.

Von weitem sah das Ganze spektakulär aus, er verschmolz regelrecht mit seiner Kiste.

Ich habe Beifall geklatscht und gerufen: »Große Klasse!«

Er hat mich als Schleimer beschimpft und hinzugefügt, meine verlogenen Komplimente gingen ihm am Arsch vorbei.

»Pass aber trotzdem auf«, habe ich gemeint. »Wenn es so weitergeht, wird man dich mit deinem Feuerstuhl verwechseln. Es werden dir noch Seitentaschen wachsen.«

»Du bist kein guter Beobachter – ich habe schon lange welche.« Er ist abgestiegen und um das Gespann rumgegangen. »Schau dir das an. Cool, oder?«

In den Seitentaschen waren zwei Pizzakartons, Format XXL. Und im Anhänger zwei Kühltaschen, randvoll mit Eiswürfeln und vor allem mit Bierdosen. Er hat sich eine aufgemacht und mir auch eine hingehalten. Er hat einen kräftigen Schluck getrunken und mit der Zunge geschnalzt.

»Aaah! So mag ich das Leben!«

Und um seiner Freude angemessen Ausdruck zu verleihen, hat er sich mit der Faust aufs Zwerchfell geklopft und einen bemerkenswerten Rülpser abgelassen.

»Du bist doch wirklich ein Schwein!«, habe ich gesagt.

»Überhaupt nicht, das ist eine chinesische Weisheit. Laotse

selbst hat es gesagt: *Wer nicht furzt und nicht rülpst, ist zum Explodieren bestimmt.*«

»Laotse, sagst du …«

»Ja, wirklich! Das habe ich im Internet gefunden!«

»Und wonach hast du da gesucht, wenn ich fragen darf? Aber egal, tu dir keinen Zwang an, mach nur weiter. Ich würde es mir übelnehmen, wenn du meinetwegen platzen würdest.«

»Nee, zu spät! Solche Sachen funktionieren nur spontan. Da darf man nicht drüber nachdenken. Jetzt geht es nicht mehr, die Inspiration ist weg.«

Der Zackenbarsch hat im Gras eine Frankreich-Karte ausgebreitet. Er hat sich davorgekniet und mit den Händen auf die Oberschenkel geklatscht. »Also, keine großen Worte! Wie mein Großvater immer sagte.«

Er hat mit der Hand eine ausladende Geste gemacht und mich aufgefordert: »Such dir was aus!«, als wären wir in der Konditorei. Ich habe mich neben ihn vor die Karte gesetzt. Wir haben sie schweigend betrachtet. Dann hat der Zackenbarsch geseufzt: »Schon das allein ist doch erhebend, oder?«

»*Erhebend!* Was Größeres hast du wohl nicht gefunden? Du hast vielleicht manchmal Wörter drauf!«

»Also, für dich noch mal mit Untertitel: Schon das allein ist doch *geil*, oder?«

»So verstehe ich dich schon viel besser. Und wenigstens bist das wirklich du.«

Er hat mich mit der Schulter angestoßen. Ich habe so getan, als würde ich rücklings umfallen.

Aber er hatte recht, der Zackenbarsch: Die bloße Tatsache, alle möglichen Routen vor uns zu sehen, löste ein Kribbeln in den Beinen, ein plötzliches Bewegungsfieber im ganzen Körper aus.

Dass wir hier leben, in dieser Gegend, die vielleicht nicht die hässlichste im ganzen Land ist, aber nicht weit davon entfernt, ist umständebedingt, wie der Zackenbarsch sagen würde. Hier lebten und arbeiteten schon unsere Eltern, bevor wir geboren wurden. Und manchmal vor ihnen ihre eigenen Eltern. Wir sind hier groß geworden, haben uns hier halbtot gelangweilt. Dabei hat es immer nach allen Seiten Straßen und Wege gegeben. Keine Schranken, keine Grenzen. Man brauchte keinen Passierschein. Die Welt fing schon immer rings um unsere Stadt an. Was hat uns also zurückgehalten, was hat uns gehindert?

Der Zackenbarsch musste wohl das Gleiche denken.

Mit der Spitze seines dicken Fingers fuhr er eine Route nach, dann eine andere, dann noch eine andere, ganz langsam. In Richtung Meer, Berge, bis zu den Grenzen im Süden, im Norden. Dabei murmelte er vor sich hin. Dann seufzte er: »O Mann, wir haben die freie Wahl! Wir brauchen bloß ein bisschen Kohle für Futter und Sprit.«

So teuer war die Freiheit gar nicht.

Alex ist etwas später zu uns gestoßen, mit der Karre und Gérard.

Kaum hat er das Gespann gesehen, hat er angefangen zu schreien und zu lachen, wobei er sich fast die ganze Hand in den Mund stopfte. Das war ein beeindruckender Anblick.

Und ich glaube, das wird für mich das Bild des Glücks bleiben. Es mag bescheuert klingen, aber nachdem ich den ersten Schock überwunden habe, kommt es mir jetzt manchmal so vor, als wäre Gérard normal und wir die Behinderten.

Wenn man auf die dreißig zugeht, hat man in der Regel gelernt, sich zurückzunehmen. Wenn man sich gehenlässt wie ein kleines Kind, gilt man sofort als durchgeknallt.

Probieren Sie es mal aus, Sie werden schon sehen!

Kann man sich in unserem Alter noch einen Grashang runterrollen? Auf dem Spielplatz auf Rutschbahnen und Karusselle steigen? Den Mund aufsperren, wenn er voll ist, um zu zeigen, was drin ist, so wie wir das in der Schulkantine hinter dem Rücken der Aufpasser gemacht haben? Kann man mit beiden Füßen in Pfützen springen? Den Mädchen die Röcke hochheben, ohne dass es gleich strafbar ist? Auf der Straße in Indianergeheul ausbrechen? Sich die Ohren zuhalten und ganz laut *Na-na-na-na-na* rufen, um jemandem nicht zuhören zu müssen? Leuten, die nerven, die Zunge rausstrecken? Laut sagen: »Hast du die dicke Frau da gesehen?« Kann man sich in eine Ecke hocken und schmollen, den Kopf tief in der Ellenbeuge vergraben? Jemanden treten oder an den Haaren ziehen? Liebesbriefchen schreiben mit Herzen drum rum und einem Radiergummi oder einem Bonbon als Pfand dazu?

Manchmal sage ich mir: Erwachsen werden bedeutet, für immer das Recht zu verlieren, Spaß zu haben.

Ich werde nie mehr versuchen, über die Rathausmauer zu klettern, das ist klar. Außer wenn ich sturzbesoffen bin. Und auch dann wahrscheinlich nicht. Ich werde nicht mehr mein Sparschwein schlachten, um Sammelbildchen zu kaufen. Ich werde keine Wettbewerbe im Weitpinkeln mehr machen. Ich werde auch nicht mehr versuchen, Weltmeister im Kaugummiblasenmachen zu werden, mit klebrigen rosa Fäden bis in die Haare.

Dem Zackenbarsch und mir fehlt es vielleicht ein wenig an Reife. Aber auf die Reife folgt schon sehr bald das Verfaulen. Wir werden bald dreißig. Und das würden wir gern so lange wie möglich vergessen. Wir sind selber wie Kaugummiblasen: Wir werden immer größer, immer praller. Bis wir irgendwann platzen.

Gérard schert sich einen Dreck darum, sich »ordentlich zu benehmen«. Er schwebt weit über alldem, hoch über den Wolken. Was willst du auch machen, wenn du so eine Visage mit so einem Körper hast? Wenn du schlimmer als ein Bernhardiner sabberst und alle Wörter so vernuschelst, dass kein Mensch irgendwas versteht? Wenn sich die Leute auf der Straße tuschelnd nach dir umdrehen und dich heimlich angaffen, als wärst du ein Alien oder eine Jahrmarktsattraktion?

Vielleicht gefällt Gérard dem Zackenbarsch deshalb so gut. Sie führen den gleichen Kampf. Pfeifen auf alles. Außerhalb jedes Maßes, jeder Norm.

An dem Tag, als ich ihm zum ersten Mal begegnet bin, habe ich gedacht, so wie er aussieht, muss er den IQ einer

Kaulquappe haben. Aber das stimmt nicht. Gérard ist intelligent. Pech für ihn. Aber er hat trotz allem Spaß und liebt das Leben.

Deshalb beschämt er uns.

Der Zackenbarsch schaute Gérard zu, wie er angesichts des Gespanns in einen sabbrigen Freudentaumel geriet. Er lächelte gerührt, geradezu mütterlich. Er sah aus wie eine dicke Zeichentrickfilmglucke, die voller Entzücken ihr Lieblingsküken beobachtet.

Plötzlich hat er gefragt: »Wie wär's – willst du mal 'ne Runde drehen?«

Gérard ist mit einem Schlag erstarrt, er ist zwischen zwei Lachsalven steckengeblieben, den Mund weit offen. Er hat nur mit beiden Augen gezwinkert, mehrmals, das war alles.

Wir warteten auf seine Antwort, aber er klappte bloß den Mund auf und zu, ohne einen Laut. Wie ein Fisch auf dem Trockenen.

»Hey, verdammt!? Hallo? Atme!«, hat der Zackenbarsch besorgt gerufen.

»Gérard?«, hat Alex gesagt, ebenfalls leicht gestresst.

Schließlich haben wir eine Art Schluckauf gehört, und dann ist etwas von sehr weit drinnen hervorgebrochen. Etwas zwischen Kriegsgeheul und Siegesgesang, schwer zu beschreiben. Es endete mit einem entzückten »Ssssuper!«.

Der Zackenbarsch hat erleichtert aufgeatmet. Er hat gesagt: »Na gut, das soll wohl *ja* heißen!«

Gérard in den Beiwagen zu bugsieren war nicht ganz einfach.

Schließlich hat Alex beschlossen, mit ihm ins Boot zu steigen, um ihn abzupolstern und eventuell zu beruhigen. Sie sind beide dünn und würden ohne Mühe nebeneinander Platz finden. Alex hat sich als Erste reingesetzt.

Die Karre haben wir in der Zwischenzeit ein paar Meter weiter im Gebüsch versteckt, hinter der Brücke. Niemand würde erraten, dass sie hier war.

Gérard war in einem unglaublichen Zustand, total aufgekratzt.

Wir lachten uns schlapp darüber, wie er in allen Tonlagen »Dasssiss – sssuper! Dasssiss – sssuper! Dasss-iss-sssuuuu-per!« sang.

Der Zackenbarsch dirigierte Gérards Einstieg in den Beiwagen, als ginge es um das Andocken der Sojus-Kapsel an die internationale Raumstation.

Alex war drinnen, ich draußen, bereit einzugreifen, ohne recht zu wissen, wie, aber trotzdem konzentriert. Und von Gérard ragte mal ein Fuß heraus, mal ein Arm, auf den wir nicht draufzudrücken wagten, um ihn hineinzuzwängen, auch wenn wir durchaus in Versuchung waren …

»Gérard, hörst du mich?«, schrie der Zackenbarsch, als säße der tief unten in einem Abgrund.

»Mja!«, antwortete er mit erstickter Stimme.

»Mach dich locker, Gérard! Locker! Du musst loslassen, okay? Du bist ganz steif!«

»Okeh-Scheff!«

»Entspann dich, verdammt!«

»Mja, ichh-binn ganss ennspannt!«

Schließlich haben wir es geschafft. Gérard saß drinnen, an Alex gelehnt, die ihm einen Arm um die Schultern legte. Er passte sehr gut in die Form des Sitzes. Er sah aus, als hätte er seinen Platz gefunden, wie ein Küken in seinem Ei.

Wir konnten den Beiwagen schließen.

Der Zackenbarsch hat in Zeitlupe die Haare zurückgeworfen, seinen Helm aufgesetzt und mir den rübergereicht, den er von seiner Schwester ausgeliehen hatte, damit ich ihn im Hinblick auf unsere Reise ausprobierte.

Ich bin hinter ihm aufgestiegen, wo nicht mehr viel Platz war.

Er hat in Alex' Richtung den Daumen hochgehalten, die aus ihrem U-Boot heraus genauso geantwortet hat.

Dann hat er laut gerufen: *»Yes, we can!«*

Und er hat als Startzeichen den Arm hochgestreckt.

Man hätte meinen können, hinter uns würde sich ein ganzer Konvoi in Bewegung setzen, auf nach Westen, in einer Staubwolke und zu den Klängen von *Swing Low, Sweet Chariot*.

Wir sind nicht sehr weit gefahren: eine kleine Runde auf dem Schotterweg, ein Stück Landstraße und wieder zurück an den Kanal. Es war trotzdem ein Abenteuer, jedenfalls für Gérard.

Dann musste er wieder aus seinem Gehäuse befreit werden, was fast genauso lange dauerte, wie ihn hineinzumanövrieren. Als er draußen war, haben wir ihm geholfen, sich ins Gras zu setzen. Er wirkte nicht ramponierter als sonst, aber verdammt froh, das war klar.

Er hat uns nacheinander mit glänzenden Augen angeschaut. »Dassswwar sssuper! Dankhe!«

»Ist schon gut. Kein Problem. Wir können es wieder machen, wann immer du willst …«, hat der Zackenbarsch geantwortet, in gleichgültigem Ton, um auch wirklich allen zu zeigen, vor allem sich selbst, wie kalt ihn das ließ – Gefühle, was für ein Blödsinn.

»Khönn-wir gleich nochmal?«, hat Gérard gefragt.

»Äh, jetzt sofort? Na ja … wenn du willst!«

Gérard hat sich einen Ast gelacht: »Nei-nei-nein, dasss warnur Spasss!«

Wir haben seine Karre aus dem Gebüsch geholt und ihn wieder da reinverfrachtet. Nach fünf Minuten sackte er zusammen – Mittagsschlaf. Alex ist hingegangen, um ihn zuzudecken, damit er sich nicht erkältet. Sie hat uns neulich erklärt, dass er viel schläft und sehr kälteempfindlich ist. Wenn man nur Haut und Knochen ist, kann man keine Wärme speichern, klar. Schade, dass der Zackenbarsch und er keine kommunizierenden Röhren sind.

Dann haben wir das Bier hervorgeholt, die Pizzen und die Frankreich-Karte. Alex hatte schon gegessen, aber sie hat sich trotzdem ein bisschen genommen. Sie hat einen Blick auf die Karte geworfen.

Ich habe gesagt: »Kannst du uns mal die Ecken zeigen, die du schon kennst?«

Sie kannte alles.

Also haben wir sie um Tipps, um ihre Meinung gebeten. Bevor sie antwortete, wollte sie etwas mehr wissen. Warum wollten wir wegfahren? Und wie lange?

Wir haben gesagt, wir würden wegfahren, um wegzufahren, und so lange, wie es dauern würde.

»Was ich an euch so mag, ist eure Präzision!«, hat sie mit einem ironischen Lächeln gemeint.

Die Frau ist ein echter Reiseführer.

Für jede Stadt, auf die wir zeigten, hatte sie einen guten Tipp, eine Adresse parat. Der Zackenbarsch schaute sie mit wachsender Hochachtung an, was sich darin äußerte, dass der Rhythmus, in dem er neue Bierdosen öffnete, immer langsamer wurde.

Wir haben eine ganze Weile gequatscht, aber es wurde schnell dunkel, und Alex musste Gérard zurückbringen. Ich habe beschlossen, sie zu begleiten, der Zackenbarsch wollte am Kanal lieber auf mich warten. Er war in Verzug geraten, er hatte noch einen ganzen Stapel Dosen vor sich, die er in seine Baustelle einarbeiten musste.

Er meinte, das träfe sich gut, er wollte sich sowieso ein bisschen im Nachtschießen üben.

Er ist keiner, der bei der Arbeit schludert, das muss man ihm lassen.

Am nächsten Nachmittag hat Alex mich angerufen. Sie wollte mit mir reden.

Wir haben uns im Pyrénées verabredet, einer netten, als Berghütte verkleideten kleinen Kneipe, in die ich viel zu selten gehe. Wir haben uns einen Tisch in der hintersten Ecke ausgesucht.

Sie hat mir von der Stimmung bei Gérard zu Hause erzählt. Und das, was sie von seiner Geschichte weiß: die liebevolle Mama, der phlegmatische Bruder, die hysterische Schwägerin. Bertrand, der nicht redet. Marlène, die zu viel redet. Die eher dumm als bösartig ist und weder das Format noch Lust hat, sich um ihn zu kümmern. Die ihn am liebsten nie wiedersehen würde, aus den Augen, aus dem Sinn. Die davon träumt, ihn auszusetzen.

Der Urlaub in den Bergen.

Es war alles noch ein bisschen schlimmer und deprimierender, als ich dachte.

Ich konnte verstehen, dass Alex sich hin- und hergerissen fühlte: Sich raushalten oder versuchen, einen Ausweg zu finden? Und welchen? Gérard hatte keine Zukunft im üblichen Sinne, mit allem, was man an Hoffnung auf Veränderungen damit verbindet. Mir fiel plötzlich der Satz meines Vaters wieder ein: *Du hast zwei Arme, zwei Beine, du bist gesund … dieses Glück hat nicht jeder.* Gérard hatte es nicht, das war klar. Und daran würde alles Mitgefühl der Welt nichts ändern. Wir hatten keinen Zauberstab, um ihn geradezubiegen oder zu bewirken, dass es ihm besserging.

Und während ich Alex zuhörte, dachte ich mir, dass das eine echte Doppelbestrafung ist, wenn man behindert ist und in so einem Umfeld lebt. Ohne dass man irgendein Verbrechen begangen hätte.

Sie erzählte das alles mit einer ruhigen, kühlen, abgeklärten Stimme. Es klang wie ein Polizeibericht: Orte, Fakten, Zitate. Ich spürte, dass sie das brauchte, dass sie ihre Erzählung ganz nüchtern präsentieren musste, um die Fassung zu bewahren, um nicht zu sehr ins Emotionale abzurutschen. Ich schaute ihr zu, wie sie ihren Kaffee trank, dazu eine Zigarette rauchte und ihre Streichhölzer zu Kleinholz verarbeitete, das sie dann zu winzigen akkuraten Stößen stapelte. Ich mag Leute, die Marotten haben, kleine Gewohnheiten, die viel über sie aussagen. Die sind wie kleine Fenster in ihren Schutzmauern.

Dann hat sie mir vom Projekt einer ihrer Freundinnen erzählt. Wenn ich es richtig verstanden habe, ist diese Frau für sie so etwas wie Stef für mich. Eine Schwester, eine echte, ohne die Nachteile der Familie, diese verfluchten Blutsbande, die so eng um unsere Knöchel liegen, dass sie für immer Spuren hinterlassen.

Sie sehen sich fast nie, aber das ändert nichts an dem Kapital zwischen ihnen. Es wächst dadurch sogar, mit Zinsen. Freundschaft ist heutzutage die letzte kluge Anlageform.

Dann hat sie mir gesagt, sie hätte da eine Idee im Kopf.

Wenn wir nicht einverstanden wären – kein Problem, sie würde das gut verstehen.

Ich habe zugehört. Sie versuchte, es kurz zu machen, wie immer. Mit ihren präzisen kleinen Sätzen. Es war klar und deutlich. So, wie ich es mag.

Ich habe ihr gesagt, ich würde mit dem Zackenbarsch darüber reden.

Und ich wusste schon, was er antworten würde.

Der Zackenbarsch hat *ja* gesagt.

Ich habe ihm erklärt, es würde vielleicht gar nicht gehen. Und in jedem Fall würde es wohl ein bisschen kompliziert werden.

»Na und? Da pfeifen wir doch drauf. Ein bisschen *kompliziert*, pah!«

Er hatte gerade »wir« gesagt. Ich war in den Zackenbarsch-Club aufgenommen, ich gehörte endlich auch zu den Auserwählten, denen alles scheißegal ist. Und in diesem konkreten Fall entsprach das absolut der Wahrheit. Es war mir scheißegal, ob die Sache schwierig war.

Der Zackenbarsch war ins Pyrénées gekommen, nachdem Alex gegangen war. Sie hatte ihn gleich dazugebeten, als sie sich mit mir verabredet hatte, aber er hatte noch Dienst. Monsieur Zackenbart hat nämlich willkürlich und einseitig beschlossen, dass sich sein Sohn an zwei Tagen in der Woche persönlich um die Kundschaft zu kümmern hat. Damit er endlich Verantwortung übernimmt und etwas Einsatz zeigt.

Der Zackenbarsch aber findet, dass sich sein Einsatz nicht auszahlt. Doch es gelingt ihm nicht, seinen Vater davon zu überzeugen, dass er kein Geschäftsmann ist.

»Ich weiß nicht, was ich noch machen soll, damit er kapiert, dass mir sein Laden am Arsch vorbei geht! Schon dieses ständige Guten-Tag-Geschwafel macht mich fertig. Ganz zu schweigen von den Betrachtungen über das Wetter von heute, gestern und morgen!«

Der Zackenbarsch besitzt unter anderem die Gabe, fremde Stimmen und Dialekte nachzuahmen. Asthmatische Omas sind seine ganz besondere Spezialität. Wobei er da mit einem Vorteil ins Rennen geht: Er ist selber Asthmatiker.

»Oh, meeein Gott, ist das heiß! *Ziiiiiissschhh.* Aber wir wollen uns nicht beklagen, *ziiiiiissschhh*, nach diesem … *ziiiiiissschhh* … schlechten Wetter in den letzten Tagen!«

Ich lache mich schlapp.

Der Zackenbarsch schimpft weiter: »Mindestens fünfzig Mal am Tag muss ich mir den Wetterbericht reinziehen! Und mein Alter erwartet, dass ich mein Leben hinter dieser Theke verbringe und mir permanent das Gesülze der Leute anhöre, während ich ihnen Viertaktherdschalter, Kochfeldschaber, Scharniere oder Küchengeräte verkaufe … Ich bin doch nicht bescheuert!«

Der Zackenbarsch hat tief durchgeatmet, er regt sich nicht gern auf, das strengt ihn zu sehr an. Und Anstrengungen machen müde.

Er hat zwei Dunkle bestellt, damit wir uns den Dreck vom Gaumen spülen konnten. Das ist eine seiner Privattheorien: Nach einer bestimmten Anzahl von Hellen machen die Geschmackspapillen schlapp, sie verkleben. Man muss sie mit einem Bitter Stout wieder öffnen.

— Alle Eier in einem Korb —

Es gibt sicher eine innere Logik, eine höhere Vernunft, die über allem waltet, was weiß ich. Jedenfalls würde ich das gern glauben.

Ich habe eine Nachricht von meiner Freundin Clo bekommen. Ich mag sie wirklich gern. Das Projekt, von dem sie seit fünf Jahren redet, läuft endlich an. In ihrer Mail schreibt sie, ich soll doch mal vorbeikommen. Sie hat ein paar Fotos angehängt, um mich zu locken …

Ich habe sie in meiner Mittagspause angerufen und ihr versprochen, mir das alles aus der Nähe anzuschauen, sobald ich hier fertig wäre.

Als ich nach Hause gekommen bin, habe ich Marlène am Küchentisch vorgefunden – das ist ihr Hauptquartier, ihr Lebensmittelpunkt –, mit einer dieser Zeitschriften, in denen es nichts zu lesen gibt außer Werbung und gefakten, von Pharmafirmen finanzierten Studien, die einem sagen, wie man zwanzig Kilo verliert, ohne sein Essverhalten zu ändern, oder zwanzig Jahre, ohne sich zu häuten.

Freundlich wie ein Pitbull sah sie aus.

Sie blickte ständig mit Mordlust in den Augen zu Roswell rüber, der mit einer Schüssel Popcorn auf dem Schoß im Wohnzimmersessel hing. Ab und zu versuchte er, Tobby etwas zuzuwerfen.

»Lllos, Hunnd! Ffang!«

Rings um ihn herum war der Teppich mit klebrigen, karamellisierten weißen Klümpchen übersät, die der Hund nur zufällig fand, wenn er mit der Schnauze über den Teppich fuhr, weil er seit fast zwei Jahren keinen Geruchssinn mehr hat.

»Lllos, Toh-bbhy! Lllooos!«

Keine Frage, sie passten gut zusammen, die beiden.

»Was findet dieser Hund bloß an ihm?!«

Leicht eifersüchtig, die Lippen zusammengekniffen, hatte Marlène ihr Gelbsuchtgesicht aufgesetzt, als fände sie die ganze Welt zum Kotzen. Sie sah Roswell an, als wäre er ein Campingplatzklo, das sie putzen müsste.

Die Idee, ihn auszusetzen, überkam sie erneut und heftiger als zuvor. Ich konnte das Feuer hinter den dicken blauen Augen lodern sehen. Zwischen den Bergen und ihr stand nur noch dieser Trottel.

Schließlich ist es aus ihr herausgeplatzt: »Jetzt schau ihn dir an! Solche Missgeburten in die Welt zu setzen, das sollte verboten sein!«

Ich hätte ihr fast geantwortet, da hätte sie recht, jawohl! Ich hätte erst kürzlich mit Stephen Hawking darüber gesprochen. Ein bisschen Selektion müsste doch erlaubt sein, um die Fehler, die Ausrutscher der Natur auszumerzen, damit es nur noch vollkommene Menschen gäbe. So wie uns, sie und mich … Aber ich wusste, dass sie zustimmen würde, und da kam es mir gleich weniger witzig vor.

Plötzlich schaffte es Roswell zufällig, dem Hund, der genau in dem Moment gähnte, ein Stück Popcorn direkt ins Maul zu werfen.

Daraufhin stimmte er ein haarsträubendes Gesangssolo an, um sich selbst zu beglückwünschen.

Marlène hat ohnmächtig die Arme ausgebreitet. »Niemand wird ihn mir hüten, diesen Dödel, keine Chance! Du siehst ja, wie er ist! Ich werde die Alpen nie zu Gesicht bekommen!«

Sie sah aus, als wäre sie drauf und dran, sich eine Kugel in den Kopf zu jagen, so niedergeschlagen, dass ich gesagt habe: »Ich könnte mich vielleicht um ihn kümmern.«

Ich hatte mich selbst überrumpelt. Das passiert mir manchmal.

»*Das* würdest du tun?!«

Sie hatte die Frage so laut gestellt, dass Roswell sich zu uns umgedreht hat. Ich habe eine Grimasse in seine Richtung geschnitten. Er hat mit beiden Augen zurückgezwinkert. Dann habe ich mich wieder Marlène zugewandt und versucht, die Sache runterzukochen. »Ich habe *vielleicht* gesagt! Ich muss mir das noch in Ruhe überlegen.«

Sie schaute mich gerührt an, die Augen vor Hoffnung geweitet. Ich fühlte mich von einer Aura göttlichen Lichts umgeben. Ich war ihr Wunder, ihre himmlische Erscheinung.

Mit ganz schwacher Stimme hat sie noch einmal gesagt: »Das-würdest-du-tun?«

In ihrem Blick zogen die lichtlosen Jahre vorüber, die immergleichen Tage, die nie verwirklichten Kinderträume.

Und dann dieses Geschenk des Schicksals, Gottes Finger, der endlich auf sie zeigte: eine Woche in Brides-les-Bains. Die Eiergondelbahn mit Bertrand. Der berühmte Aussichtspunkt am Gipfel und die Postkarten, die sie auf der Terrasse des Höhenrestaurants an die Nachbarinnen schreiben würde, *Schönes Wetter und wunderbarer Urlaub, liebe Grüße.*

Wenigstens ein Mal hätte sie etwas zu erzählen.

»Ich sage dir bis Ende nächster Woche Bescheid. Versprochen.«

Marlène hat mit einer ganz kleinen, seltsam ergebenen Stimme »Ja« gesagt, ohne weiter zu drängen, ohne mehr wissen zu wollen, was verriet, wie ergriffen sie war.

Später bin ich in die Stadt gegangen und habe Kaan besucht. Er ist schön, er ist zärtlich. Er ist genau das, was ich brauche.

Morgen reist er nach Antalya, um eine Weile bei seiner Familie zu sein. Ich bin mir nicht sicher, ob ich ihn danach wiedersehen werde. Das habe ich ihm aber nicht gesagt.

Ich mag keine Abschiede.

Ich habe über Marlènes Urlaub nachgedacht, darüber, wie ich Roswell hüten könnte.

Und da hat es plötzlich *klick* gemacht. Glasklar.

Das Heureka.

Ich habe Cédric angerufen, um ihn zu fragen, ob er einen Moment Zeit hätte. Ich wollte ihm meine Idee unterbreiten. Wir haben uns im Pyrénées getroffen.

Der Wirt muss in einem früheren Leben Trapper, Biber oder Karibu gewesen sein: Er hat seine Kneipe in eine Blockhütte verwandelt, überall Holz, Schlitten und Schneeschuhe an den Wänden, Plüschmurmeltiere und falsche ausgestopfte Gamsköpfe. Ein echter Kamin, in dem dicke Holzscheite brennen. Ein Ort, an dem man sogar im Juli Raclette essen würde.

Als ich am Abend zurückkam, duftete es im ganzen Haus. Nach frischgebackenem Kuchen, der mich an meine Kindheit erinnerte und mir sofort das Wasser im Mund zusammenlaufen ließ. Marlène hatte einen Cake mit kandierten Früchten mitten auf den Tisch gestellt.

Sie hatte auf meine Rückkehr gewartet. Und auf meine Reaktion, das war nicht zu übersehen.

Ich habe gelächelt und »Mjam!« gesagt. Das war kein bisschen übertrieben.

Marlène hat sich aufgeplustert und verkündet: »Für dein Frühstück morgen!« Und als müsste sie sich für dieses verdächtige Geschenk rechtfertigen: »In deinem Alter soll man morgens nicht mit leerem Magen aus dem Haus gehen, das ist ungesund. Ich weiß nicht genau, warum …«

»Wegen der Verdauung vielleicht.«

»Ja, genau, deswegen!«

Als Bertrand von der Arbeit kam, hat er dem Cake, der auf dem Tisch thronte, interessierte Blicke zugeworfen. Aber Marlène hat ihm sofort einen Dämpfer verpasst.

»Der ist für die Kleine!«, hat sie in einem Ton gesagt, der nicht die geringste Knabberei erlaubte.

Er hat weder geantwortet noch irgendeinen Versuch unternommen. Er hat einen auf Tobby gemacht – müder Lidschlag und hängende Schnauze.

Beinahe hätte ich ihm selbst ein Stück abgeschnitten, wenn ich nicht für ihn befürchtet hätte, dass er auf den Teppich krümeln würde.

Ich habe zur Kenntnis genommen, dass ich Marlènes »Kleine« geworden war, und mich gefragt, ob diese ganz neue Herzlichkeit nicht zufällig etwas mit unserem Gespräch am Nachmittag zu tun hatte.

Ich habe beschlossen, mir darauf keine Antwort zu geben.

Ob es so ist oder nicht, ist letztlich egal. Ich stehe nicht zur Adoption frei.

Ich musste das Projekt lange in meinem Kopf hin und her wälzen, um es aus allen denkbaren Blickwinkeln zu betrachten. Und davon gab es einige.

Ich hatte mit Cédric geredet. Er hat mit Olivier gesprochen.

Dann haben wir uns alle drei getroffen, an mehreren aufeinanderfolgenden Abenden, am Kanal, in der Brasserie, in Oliviers Garage. Ich habe ihnen vorgeschlagen, einen Teil der Reise zu finanzieren und die Route zusammenzustellen. Und am Ende des Weges gab es einen Ort, um die Zelte aufzuschlagen, so viel war sicher.

Danach würde ich mit ihnen zurückfahren, um mich endgültig von Marlène und Bertrand zu verabschieden und aufzubrechen. Zu neuen Abenteuern, neuen Begegnungen und neuen Zielen.

Olivier schien bereit und sogar ziemlich motiviert. Ich hörte ihn nicht mehr ständig sagen, es wäre ihm alles scheißegal oder ihm würde alles am Arsch vorbei gehen.

Zu Hause strich Marlène um mich herum und traute sich nicht, mir die alles entscheidende Frage zu stellen, aber ich spürte, dass sie ihr auf den Lippen brannte. Nach dem Cake bekam ich hausgemachten Honigkuchen, Schokotörtchen und »schwimmende Inseln«, gebackenen Eierschnee auf Vanillesauce.

Dank meiner Fürsprache durfte Bertrand auch probieren, aber nicht nachnehmen – die überflüssigen Kilos kommen nämlich ohne Vorwarnung.

Marlène dagegen tat sich keinen Zwang an, sie griff zu und

sagte dabei jedes Mal: »Ich kann mir das leisten, ich habe einen guten Stoffwechsel!«

Eines Abends schließlich, bevor Bertrand nach Hause kam, habe ich Marlène gesagt, dass ich einverstanden wäre, mich während ihres Urlaubs in den Bergen um Roswell zu kümmern. Ich habe gedacht, sie würde mir sofort um den Hals fallen. Um ihr den Schwung zu nehmen, habe ich gleich hinzugefügt: »Ich bin bereit, mich um ihn zu kümmern, aber unter der Bedingung, dass die Sache in zwei Wochen stattfindet, wenn mein Arbeitsvertrag ausgelaufen ist. Weder früher noch später. Ich will hier keine Zeit vertrödeln. Und ich will mich nicht um Tobby kümmern müssen. Finde jemanden, der das übernimmt.«

Marlène hat gepiepst: »Aber klar, natürlich! Was denkst du denn?« Dann ist sie zum Telefon gestürzt, falls ich es mir noch mal anders überlegen sollte.

Sie hat das Hotel Edelweiß angerufen, *zwei Sterne, Schwimmbad, im Herzen des Kurorts*, um das Zimmer zu reservieren, »zwei Personen, mit Halbpension«, das Bertrand im Internet gewonnen hatte. In der Nebensaison war das kein Problem. Dann hat sie Madame Aulincourt angerufen, die so tierlieb ist. Als sie wieder auflegte, strahlte Marlène. Alles renkte sich endlich ein in ihrem Hundeleben.

Ich habe die Freundlichkeit so weit getrieben, dass ich ihr dank Google ein paar Fotos von Brides-les-Bains gezeigt habe. Ich habe sie sogar einen virtuellen Rundgang durch das Hotel Edelweiß machen lassen. Die Zimmer mit Balkon, die Sauna, das Schwimmbad. Für das Schwimmbad würde sie sich schließlich doch noch einen Badeanzug kaufen müssen.

»Ich werde bei Cora schauen, die haben die richtigen Größen!«

Marlène spricht nie von »großen« Größen.

Beim Anblick der Fotos des Ortes, der Seilbahn und der Panorama-Ansichten geriet sie in helles Entzücken. Sie rief »Oh!« und »Ah!« und machte einen Mund wie ein Hühnerpopo kurz vorm Eierlegen. Es war so schön wie in ihren Träumen. Sie würde mir niemals genug danken können. Ich habe ihr sofort das Gegenteil bewiesen, um etwas Druck aus der Sache zu nehmen: »Du kannst mir ja im Tausch für die letzten zehn Tage die Miete erlassen.«

Sie schwebte so hoch auf ihrem rosa Wölkchen, dass sie ohne jede Diskussion zugestimmt hat.

Es geht mir nicht um das Geld, das ich damit spare, sondern ums Prinzip. Ich hüte mich vor selbstlosen Taten. Im Kopf der meisten Menschen ist das, was nichts kostet, auch nichts wert. Ich will, dass sie für Roswell bezahlt. Um ihm Bedeutung zu verleihen.

Und ich will auch keine Dankbarkeit von ihr. Dienste, die man anderen erweist, vor allem wenn man sie schlecht kennt, sind wie Ketten, in beide Richtungen. Ich möchte keine Schulden haben und auch keine Schuldner. Wir werden lastenfrei auseinandergehen.

Die ganze nächste Woche hing Marlène am Telefon und riskierte einen Tennisarm, um all ihren Freundinnen, die nicht auf die Idee gekommen wären, sie danach zu fragen oder in nächster Zeit einzuladen, mitzuteilen, oje, es täte ihr furchtbar leid, aber vom 22. bis 29., da hätte sie keine Zeit, weil sie im Urlaub wäre. Sie erklärte laut und in leicht blasiertem Ton, sie und Bertrand hätten beschlossen, endlich mal eine Woche in die Berge zu fahren.

Ich hörte, wie sie ausführlich das Hotel Edelweiß beschrieb – sehr schick, sehr gemütlich –, das Schwimmbad, die Zimmer. Und dann das Kasino, die Seilbahn, die Thermen, den Ort.

»Ein *Olympia*-Ort!«

Darauf ritt sie besonders gern herum.

»Brides-les-*Bains*, ja, ja, wie ein Badeort! Es gibt sicher Leute, die glauben, das ist am Meer, bei dem Namen! Haha! Aber nein, es ist in den Savoyer Alpen. Ich schwör's dir.«

Ich sah ihr zu, wie sie sich verausgabte, Taschen und Koffer durch die Gegend trug, Unmengen von Kleidern auf den Sesselarmlehnen stapelte.

»Es ist doch noch Zeit! Ihr fahrt erst in zwei Wochen.«

»So eine Reise will vorbereitet sein. Das macht man nicht einfach drauflos, ins Blaue hinein.«

»Ja, sicher, ich habe da keine Erfahrung ...«

»Ich hab mir eine Liste gemacht, um nichts zu vergessen.«

Sie lief zwischen Schlafzimmer, Bad und Wohnzimmer

hin und her, die Stirn gerunzelt und die Liste fest in der Hand. Sie murmelte halblaut vor sich hin, und wenn sie an mir vorbeikam, hörte ich: »Pullover, Socken, Zahnpasta ...«

Sie wurde etwas geduldiger, sogar mit Roswell.

Abends wischte sie ohne ein Wort die Tischdecke ab oder putzte mit dem Mopp um seine Füße herum, wenn er wieder mal Airbrush-Kunst machte und seine Umgebung neu gestaltete, indem er in die Suppe nieste oder seine Spaghetti durch die Luft hustete.

Sie giftete Bertrand nicht mehr an und auch sonst niemanden. Sie hatte ständig ein Lächeln auf den Lippen und einen verträumten, fast mystischen Blick. Sie wirkte schwerelos, berührte kaum mehr den Boden. Sie war der Frieden und das Glück in Person.

Ich konnte regelrecht zusehen, wie Bertrand sich aufrichtete, sich entfaltete, seinen Brustkorb öffnete und aufzublühen begann. Sie nannte ihn Schätzchen, und er schnurrte, ließ sein Brot in Ruhe, hörte auf, wie besessen Würfel daraus zu kneten.

Und ich sagte mir, dass es doch sehr wenig braucht, damit Leute anfangen zu leben.

An einem Samstagmorgen sind Marlène und Bertrand abgereist, den Renault vollgestopft bis oben hin, den Dachgepäckträger beladen wie ein Kamel und mit einer Plane verschnürt. Fast hätten sie auch ihre Matratze und den Campingtisch mitgenommen. Sie sahen aus wie bosnische Flüchtlinge.

Marlène, frisch blondiert bis zu den Haarwurzeln, die Brauen gezupft und die Nägel lackiert, hat mir einen Make-up-klebrigen Kuss auf die Wange gedrückt.

Sie hat mir »Danke!« ins Ohr geflüstert. Manchmal ist sie schon erstaunlich.

Dann ist sie zu Roswell gegangen, um ihm auch einen Kuss zu geben, aber der schützte sich mit beiden Händen.

Eine Stunde früher hatte sie sich von Tobby verabschiedet, als Madame Aulincourt kam, um ihn abzuholen. Roswell war mit mir oben. Die schrille Stimme von Marlène, die in der Küche mit Madame Aulincourt Kaffee trank, drang bis in sein Zimmer rauf.

»Mein Baby, mein Dickerchen, bleibt er ganz allein hier, ohne seine Mama, der arme Tobby? Madame Aulincourt ist sehr nett, du wirst sehen! Stimmt's, Madame Aulincourt, Sie sind doch sehr nett? Aaah, siehst du?«

Roswell schmollte, es gefiel ihm nicht, dass der Hund wegging. Er mag Tobby, und Tobby mag ihn.

Bevor sie wirklich abreisten, kam auch Bertrand, um Roswell einen Kuss zu geben. Er sagte ein paar Worte zu ihm, die ich nicht verstehen konnte. Roswell nickte mit seinem großen

Kopf, die Hand zwischen denen seines Bruders. Ich sah zum ersten Mal, dass Bertrand sich ihm freundlich zuwandte, und als ich sie so beobachtete, wurde mir klar, dass die beiden etwas Starkes verband. Ich konnte es an Roswells strahlenden Augen sehen, an seinem Breitwandlächeln.

Dann ist Bertrand zu mir gekommen und hat mir die Hand gedrückt, auf seine unbeholfene, etwas befangene Art.

»Äh ... tja, Alex ... äh, ich wollte noch sagen ...«

Wie üblich schien er irgendetwas Wesentliches offenbaren zu wollen, einen wichtigen Rat, einen letzten Willen. Eine Art Testament.

»Also, was ist jetzt, gehen wir oder schlagen wir hier Wurzeln?«, hat Marlène gemeckert, die schon angeschnallt im Auto saß, Ellenbogen aufs offene Fenster gestützt.

»Ja, schon gut, ich komme ... Äh, Alex, wenn du was brauchst, dann ...«

»Wenn sie was braucht, ruft sie Madame Aulincourt an, das weiß sie schon«, hat Marlène ihm das Wort abgeschnitten. »Also, Alex, nichts für ungut, aber verwickle ihn mir jetzt nicht in ein Gespräch, sonst stehen wir am Sankt-Nimmerleins-Tag noch hier.«

Ich habe Bertrand die Hand gedrückt und ihm eine gute Woche gewünscht. Er hat undeutlich gelächelt. Vielleicht etwas ironisch, vielleicht auch nicht.

Marlène blickte starr in Richtung Gartentor und Straße und trommelte mit den Fingern auf dem Fensterrahmen. Sie schaute nicht einmal mehr zu uns rüber, sie hatte uns schon ausgeblendet.

Als Bertrand sich ans Steuer setzte, habe ich gehört, wie sie mit essigsaurer Stimme zu ihm sagte: »Das wurde aber auch Zeit!«

Der Renault fuhr in einer riesigen Abgaswolke davon.

Roswell, der draußen in seinem Sessel saß, wedelte zum Abschied heftig mit den Armen.

Ich habe ihnen nachgeschaut und bin dann reingegangen, um uns Kaffee zu kochen.

Ich habe die SMS abgeschickt.

Eine halbe Stunde später waren die Cowboys da.

Wir haben von weitem ein Motorengeräusch gehört, das allmählich näher kam.

Roswell war im Schatten des kleinen Sonnenschirms eingenickt. Er wachte plötzlich auf und schaute zu, wie das Gespann in die Allee einbog und ganz langsam auf uns zufuhr. Er sah völlig verdattert aus.

Seine Hände klammerten sich an die Sessellehnen, er stieß mit dem Kopf wild in die Luft und fing an, sich einen Finger nach dem anderen in den Mund zu stecken.

Olivier schaltete den Motor aus. Cédric und er stiegen ab.

»Na, bist du fertig?«, hat Cédric mich gefragt.

»Was denkst du denn?«

Ich bin ins Haus gegangen und kurz darauf mit Rucksack, Schlafsack und meinem sonstigen Krempel wieder rausgekommen. Cédric hat mir geholfen, alles im Anhänger und in den Seitentaschen, die schon fast voll waren, zu verstauen.

Roswell schaute uns etwas ängstlich zu. Er versuchte zu verstehen. Er wirkte ganz klein in seinem Sessel. Sein Blick sprang nervös zwischen Haus und Gespann hin und her, zwischen Cédric und Olivier, zwischen Olivier und mir.

Da habe ich mich zu ihm umgedreht und ihm zugezwinkert. »Du hast doch wohl nicht geglaubt, dass ich die ganze Woche hier verfaulen würde?«

Olivier ist zu ihm gegangen und hat ihm eine große Papiertüte auf den Schoß gelegt. »Das ist für dich!« Dann hat er gewartet, eine Bierdose in der Hand, an die Wand neben der Haustür gelehnt.

Roswell hatte einige Mühe, sein Päckchen aufzumachen, aber wir haben uns gehütet, ihm dabei zu helfen. Wir ließen ihn ein bisschen schmoren, zum Spaß.

»Lass dir Zeit, lass dir Zeit, wir haben eine ganze Woche vor uns!«, meinte Cédric und lachte.

Und Roswell lachte auch, was das Ganze noch schwieriger machte. Je mehr ihn etwas bewegt, desto weiter spaltet sich sein Körper von seinem Willen ab, und desto weniger ist er im Einklang mit dem, was er tun will.

Auf einmal hat er gesagt: »Oh!«

In der Tüte war ein schwarzes T-Shirt mit roten Flammen drauf. Wie das von Olivier. Ich habe ihm geholfen, es überzuziehen. Es war schwer, seinen Kopf hindurchzukriegen, und der Rest flatterte um seine spitzen Knochen herum. Es reichte ihm fast bis zu den Knien.

»Du bist so schön wie ein Lastwagen«, hat Cédric zu ihm gesagt.

Roswell hat schüchtern gelächelt, er wusste nicht recht, was er von dem Geschenk halten sollte. War das zum Abschied? Würden wir ihn einfach dalassen? Er schaute uns an, ohne etwas zu sagen, wackelig und bebend, ganz schief auf den Gartentisch gestützt.

Dann hat er gesehen, wie ich seine Decke in den Beiwagen lud – die, an der er zum Einschlafen nuckelt –, und seinen dicken braunen Pulli und seine alten Pantoffeln.

»Du hast doch nicht geglaubt, dass ich dich die ganze Woche über allein lassen würde? Damit du das Haus abfackelst, wenn du dir Popcorn machst?«

»Was?! Du magst Popcorn? Im Ernst?«, hat Olivier gefragt.

»Mmja, magichh!«, hat Roswell geantwortet, mit seinem berühmten Lächeln.

»Cool. Steh ich auch total drauf, müssen wir uns mal machen.«

»Cooool!«, hat Roswell gesagt.

Wir haben den Rest eingeladen und den Schlüssel unter die Matte gelegt. Meine Freundin Clo erwartete uns, am Abend würden wir bei ihr schlafen. Wir haben Roswell in den Beiwagen bugsiert, ich habe mich neben ihn gesetzt.

Dann ging es los.

Gestern vor der Abreise bin ich noch mal bei Kaan vorbei. Ich wusste, dass er schon unterwegs war in die Türkei, aber ich habe ihm ein Foto von uns beiden dagelassen, und eins von mir allein, in seinem Briefkasten. Es ist das erste Mal seit langem, dass ich so was mache.

Es war wirklich Zeit zu gehen.

Bevor wir losgefahren sind, haben wir Roswell erklärt, dass wir gern alle zusammen verreisen würden, mit ihm, die ganze Woche. Wenn es ihm recht wäre.

Er hat gelacht.

Ich hatte ihm vorher nichts davon erzählt, weil es eine Überraschung sein sollte und vor allem weil ich nicht Gefahr laufen wollte, ihn zu enttäuschen, falls es in letzter Minute Probleme gegeben hätte.

Aber es lief alles bestens: Marlène und Bertrand waren auf dem Weg zur Eiergondelbahn, der Hund war untergebracht, und meine Freundin Clo freute sich auf unseren Besuch. So, wie ich sie kannte, war sie schon dabei, unsere Zimmer herzurichten und das Abendessen vorzubereiten. Ich sah sie vor mir, wie sie mit Liebe den Tisch deckte, kleine Blumensträuße zusammenstellte oder kunstvoll Servietten faltete. Sie gehört zu den Leuten, die den kleinen Dingen Raum geben, die einfach so, ohne besonderen Anlass, Girlanden und Kerzen verteilen und eine Festtafel herrichten, auch wenn es nur Nudeln gibt.

Sie verpackt das Leben in Geschenkpapier, meine Clo.

Als Olivier losgefahren ist, hat Roswell mich angeschaut, mit diesem seltsamen, verstörenden breiten Lächeln, das ich inzwischen schön finde.

In genau einer Woche würden wir ihn zurückbringen müssen, um ihn wieder in Marlènes raue Hände zu geben. Ende der Auszeit.

Wir würden ihn wieder seinem Zimmer überlassen mit der Aussicht auf die Einöde, mit dem Fernseher, der immer zu laut läuft, den langen Tagen, die nirgendwohin führen.

Aber in der Zwischenzeit schien die Sonne, wir hatten eine lange Fahrt vor uns und jede Menge zu entdecken.

Wer nie mit jemandem wie Roswell gereist ist, hat keine Ahnung, was das Wort *Abenteuer* tatsächlich bedeutet.

Regelmäßige Pinkelpausen am Straßenrand mit einem sich schlapplachenden Fötus, der jedes Mal kaum aus seinem Beiwagen zu kriegen war, das Ganze begleitet von den entsetzten Blicken der Autofahrer. Rastplätze, die sich in Gratistheater verwandelten, mit spritzendem Ketchup, dröhnenden *Sssuuper!*-Rufen, wechselnden Gesangseinlagen zum Thema Abfahrt, Ankunft oder Pause, Cola in der falschen Kehle, betretenen Touristen und gelassenen Bemerkungen des Zackenbarschs: »Du bist nicht zufällig manchmal ein bisschen ungeschickt, oder?«

»Nnur'n bissschhen ...«

Bei der ersten Rast hat Olivier die Gelegenheit genutzt, um ein paar Bierchen zu zischen.

»Du solltest nicht so viel saufen, wenn du fährst«, hat Cédric halbherzig gemeint.

»Ich saufe nicht, ich nehme Gewicht aus den Seitentaschen. Das spart Sprit. Und was hast du gegen das Sterben? Findest du dein Leben etwa schön?«

»Du bist manchmal echt plump, weißt du?«

»Ich bin nicht *manchmal* plump, sondern immer, bei meinem Gewicht. Unterschätz mich nicht, das beleidigt mich!«

Cédric hat es schließlich aufgegeben und auf der Karte die Route studiert.

Während Olivier also das Gespann um etwas Ballast erleichterte, betrachtete Roswell die Wolken und die Landschaft um uns herum. Bevor es weiterging, hat Olivier ihn ein bisschen am Straßenrand entlanglaufen lassen. Ich habe ihm die Beine und die Arme massiert, um ihn zu lockern und den Saft in seinen Gliedern in Schwung zu bringen.

Dann sind wir weitergefahren. Und Roswell deklamierte Gedichte.

Wir haben sieben Stunden gebraucht bis zu unserem Ziel.

Clo erwartete uns vor ihrem Haus.

Sie hatte uns sicher schon von weitem gesehen. Hier in der Gegend hat der Horizont viel Platz. Alles ist weit und ruhig. Etwas zu weit und zu ruhig, wenn man Städte mag.

Am Telefon hatte ich Clo ein bisschen von Roswell, Olivier und Cédric erzählt, aber ohne ins Detail zu gehen. Wie sollte man Roswell auch beschreiben? Es war mir lieber, sie würde alle drei so entdecken, wie sie wirklich waren.

Ich konnte mir den ersten Schock gut vorstellen.

Schon allein die Maschine. Ein Gespann in Schwarz und Rot, mit Anhänger. Nicht gerade alltäglich.

Dann die vier Eierköpfe, zu denen ich gehörte, alle in einem Korb.

Cédric ist als Erster abgestiegen. Er ist um das Gespann gegangen, um die Planen loszumachen. Ich bin aus dem Beiwagen gesprungen und gleich zu Clo gelaufen.

Während Cédric die Taschen und alles andere auslud, hat sich Olivier um Roswell gekümmert. Er hat ihn mit seinen Geburtshelferpranken sanft aus dem Beiwagen bugsiert. Roswell war von der Reise völlig erschöpft, die Schlaglöcher, die Aufregung, die Landschaft. Er war schlaff, benommen, und konnte sich kaum auf den Beinen halten. Ich habe gehört, wie Olivier ihn etwas fragte, und Roswell hat nur noch den Kopf schräg nach oben geworfen, um *ja* zu sagen.

Clo sah mich nicht an, wir beide würden später reichlich Zeit zum Reden haben. Im Moment wirkte sie völlig fasziniert, im Bann des Schauspiels, das sich ihr bot.

Cédric, zierlich wie ein schwarzer Flamingo, etwas steif auf seinen langen, dürren Beinen.

Roswell, dieser seltsame Troll mit seiner zu kleinen Schirmmütze auf dem Kopf, der sie unter Aufbietung all seiner Zähne und seines rosa Zahnfleischs angrinste.

Olivier in seiner ganzen Pracht, groß und ungeheuer dick. Den Helm in der Ellenbeuge, die langen Haare, der spärliche Bart, die Bikerstiefel mit Sporen und die weit offenstehende Lederjacke, die den imposanten Bauch mit den roten Flammen entblößte.

Er kam langsam auf uns zu, den Blick starr auf Clo gerichtet. Und mir war, als würde ich sie mit seinen Augen sehen. Groß, dick, prall, ausladend. Üppig und kräftig wie eine Eiche. Fest wie eine XL-Latexmatratze. Ein Traum von Behaglichkeit, Sanftheit und Weiblichkeit.

Ich vermied es, mich zu ihr umzudrehen. Ich kenne sie, die Gute. Sie gehört zu den Frauen, die Fleisch und Fett über den Muskeln wollen, Polster und Speckfalten. Für sie müssen Männer wie Federbetten sein, breit, weich und bequem.

Während Cédric weiter den Anhänger auslud und unsere Taschen zu einem Haufen stapelte, blickte er verloren um sich herum. Das hier war etwas anderes als das platte Land, aus dem nichts als Strommasten, Fabriken und Windräder emporragen. Vor seinen Augen breiteten sich Hügel und Wälder aus. Hier gab es Obstbäume, Esel auf Wiesen, Federvieh im Hühnerhof, Ziegen, das Haus mit den dunkelroten Läden und Blumen vor den Fenstern, die Gebäude drum herum, Schuppen und Scheunen. Der himmelblaue Himmel, wie auf einem Reisebüroplakat. Zu schön, um wahr zu sein.

Da konnte einem angst und bange werden.

Abends saßen wir draußen, es war mild. Clo hatte ein paar Freunde und Nachbarn eingeladen, darunter ein Landwirtspaar, zwei pensionierte Engländer, einen Tischler und eine zierliche junge Frau, deren Blicken Cédric beharrlich auswich. Aber ich hatte trotzdem das Gefühl, er würde sich oft zu ihr umdrehen.

Clo hat den Jungs von ihrem Projekt erzählt, von sich, von ihrem *Werdegang*, wie es in Bewerbungsgesprächen immer so schön heißt. Sie hat lange mit Kindern gearbeitet, dann in einer Beschützenden Werkstätte. Hier möchte sie etwas in der gleichen Art aufziehen, aber vielfältiger. Einen Ort schaffen, der anders ist, zugleich Arbeitsgemeinschaft, Biohof, Ziegenkäserei, Kinderbauernhof, auch für Schulklassen und Ferienlager, und Gasthof …

Sie hat noch keinen genauen Plan, sie lässt den Dingen ihren Lauf. Clo steckt bis oben hin voll mit guten Absichten und Ideen. Und meistens setzt sie sie auch um. Sie hat viel Kraft.

Es hat mehrere Jahre gedauert, bis sie den richtigen Ort gefunden hat, diesen großen, ruhigen Hof inmitten von Wäldern und Feldern. Aber für eine Frau allein, auch für eine Clo, ist es schwierig. Sie braucht Arbeitskräfte – für den Traktor, das Melken, die landwirtschaftlichen Maschinen. Zusätzliche Arme, um zwei, drei Mauern hochzuziehen, zwei, drei Wände rauszureißen, hier ein Dach und da ein Bad zu erneuern, kurz: für den Kleinkram …

Sie hat uns das alles erklärt, während sie uns einen Coq au

vin auftischte, von dem wir sofort wussten, dass er unvergesslich bleiben würde. Mit einem Blick auf Olivier, der sich die Finger ableckte, um keinen Tropfen von der Sauce zu verschwenden, beendete sie ihren kleinen Vortrag: »Mir fehlt hier ein Mann.«

Dann musste sie selbst lachen über die mögliche Deutung dieses Satzes und ist schnell in den Keller gelaufen, um noch eine Flasche Wein zu holen und etwaigen Bemerkungen zu entgehen.

Olivier hat ihr nachgeschaut und ist erstarrt wie ein Vorstehhund, Nase in die Luft gereckt, regloser Blick, bis sie wieder an ihrem Platz saß. Sie waren schön wie zwei Berge, die sich endlich begegnen, wie das Riesenpaar Gargamelle und Grandgoschier.

Roswell ist früh schlafen gegangen, er war erledigt. Alle haben ihm eine gute Nacht gewünscht, in einem normalen Ton, ohne übertriebene Freundlichkeit.

Clo hatte ihm ein Zimmer im Erdgeschoss hergerichtet.

Ich habe ihn begleitet, ihm seine Decke gereicht, seine Nachttischlampe angelassen und ihm ein Gutenachtküsschen gegeben.

»Aleksh?«

»Ja?«

»Isssehr schhönhier!«

»Ach ja? Gefällt es dir also?«

»Mja.«

»Umso besser. Mir gefällt es auch.«

Clo und ich haben bis spät in die Nacht geredet, während die Jungs sich um den Abwasch kümmerten. Das Gespräch lief hierhin und dorthin. Ihr Leben, mein Leben, die Zeit, die vergeht. Sie hätte gern ein Kind. Sie sagt, sie würde darüber nachdenken, immer öfter.

»Einunddreißig, da wird es doch langsam Zeit, meinst du nicht?«

»Ja, bestimmt.«

Ich weiß es nicht. Für mich wird es dann Zeit, wenn ich jemanden kennenlerne, mit dem ich Lust habe, eins zu bekommen. Ohne dass mich das Bedürfnis überfällt, sofort und weit weg abzuhauen.

»Meinst du, deine Freunde könnten eine Weile bleiben?«

»Beide?«

»Ja. Oder zumindest einer von ihnen.«

»Olivier zum Beispiel?«

»Ja, zum Beispiel.«

»Das ist natürlich eine Frage ohne jeglichen Hintergedanken, oder?«

»Natürlich.«

Ich habe gespürt, wie sie im Dunkeln lächelte.

Eine Woche vergeht schnell. Aber mehr ist auch nicht nötig, um ein Leben zu ändern.

Olivier hat plötzlich eine wahre Leidenschaft fürs Basteln in sich entdeckt, Reparatur von Haushaltsgeräten eingeschlossen. Er wirbelt im ganzen Haus herum. Er schraubt, klebt, schweißt, erneuert Dichtungen, Verteilerkästen, Steckdosen. Ich habe ihn noch nie so aktiv gesehen, auch wenn sich sein Tempo nach wie vor in einem sehr überschaubaren Rahmen hält. Cédric wirkt noch verblüffter als ich. Als Olivier pfeifend einen Abfluss auswechselt, kann er nicht widerstehen: »Dein Vater wäre sicher stolz, wenn er dich hier sehen könnte!«

Olivier hat gekichert: »Das musst du gerade sagen! Warst du es nicht, den ich vorhin mit einer Maurerkelle zur Nachbarin habe laufen sehen?«

»Ich habe ihr eine Ritze zugegipst, das ist alles.«

»So nennst du das also: Ritzen zugipsen! Alles klar. Sehr poetisch.«

Cédric hat sich unter irgendeinem Vorwand vom Acker gemacht. Olivier hat mir mit Verschwörermiene zugelächelt.

Cédrics Herz brütet vielleicht etwas aus. Aber ich spüre, dass er empfindlich ist, er ist noch nicht bereit, darüber zu reden oder auch nur daran zu glauben. Er braucht Zeit, Ruhe und den Schutz des Geheimnisses.

Olivier ist aufgeblüht, und meine wunderbare Clo hat einen rosigen Teint.

Cédric konnte am Anfang ohne den Lärm der Motorräder und Autos gar nicht einschlafen. Zu viel Ruhe beunruhigt. Die ersten drei Tage tauchte er gegen zehn Uhr morgens in der Küche auf, mit Ringen unter den Augen und wächsernem Teint. Dann gewöhnte er sich allmählich daran.

Und er machte eine überraschende Entdeckung: Es bereitet ihm Spaß, sich um die Ziegen zu kümmern.

Clo hat ihm vorgeschlagen, es mal zu probieren, einfach so. Er hat sich nicht getraut, nein zu sagen, und ist widerstrebend mitgegangen, aus Höflichkeit sozusagen. Am Abend war er begeistert.

»Ehrlich, ich hab immer gedacht, dass ich so was hassen würde! Aber die Viecher sind echt witzig. Und es ist das erste Mal, dass ich wirklich kapiere, wozu die Arbeit gut ist.«

Clo hat ihm gesagt, er hätte ein Händchen dafür. Das stimmt auch, ohne jeden Zweifel. Er hat die Melkmaschine sofort bedient wie ein Profi. Er hat ein Gefühl für Tiere, er kann sie lenken und weiß, wie man sie anpackt. Clo hat angeboten, ihm beizubringen, wie man Ziegenkäse macht. Sie hat ihn gefragt, ob er Lust hätte, eine Weile zu bleiben, mit ihr, mit Olivier. Es gäbe Arbeit, sie bekämen Unterkunft und Verpflegung …

»Gute Verpflegung!«, hat sie gesagt.

Die beiden haben gegrinst.

Am Ende der Woche müssen wir Roswell zu Marlène und Bertrand zurückbringen.«

Ich musste das Thema wohl oder übel auf den Tisch packen, obwohl ich wusste, dass den Jungs nicht danach war.

Wir saßen unter Bäumen, Cédric, Olivier und ich. Roswell schlummerte in einem Liegestuhl, Clos Katze lag träge auf seinem Bauch. Clo war in der Küche mit irgendwelchen Experimenten beschäftigt, die verdammt gut rochen.

Olivier hat gesagt: »Klar bringen wir Gérard zurück nach Hause. Keine Frage.«

Er schaute auf seine Füße. Cédric wirkte auch irgendwie verlegen. Sie hatten mir etwas zu sagen und wussten nicht recht, wie sie es anfangen sollten.

Schließlich ist Cédric mit der Sprache rausgerückt: »Ich glaube, ich werde danach hierher zurückkommen. Clo braucht mich bei den Ziegen.«

Olivier hat gleich hinterhergeschoben: »Ja, ich hätte auch Lust. Einfach so, mal sehen. Für 'ne Weile.«

Ich habe ihn gefragt: »Und wie willst du das deinem Vater beibringen?«

»Ist mir scheißegal, das seh ich dann schon.«

Cédric hat den Kopf geschüttelt: »Im Ernst – meinst du, er wird das verstehen?«

»Nein. Aber das ist mir wurst. Nur weil er beschlossen hat, dass ich seinen Laden übernehme, muss ich das noch lange nicht machen. Ich bin nie gefragt worden. Er lebt nicht mein Leben. Und seins will ich auf keinen Fall.«

Ich habe mich zu Cédric umgedreht: »Und dein Vater, was wird der sagen?«

»Ach, der – solange ich arbeite … Es ist eher meine Mutter, die sich ins Hemd machen wird: Ich inmitten der feindlichen Natur, umringt von wilden Ziegen!«

»Wild und blutrünstig«, habe ich hinzugefügt.

Ich weiß noch nicht, ob ich lange mit ihnen bei Clo bleiben werde. Ich glaube nicht. Ich bringe sie hierher zurück, damit sie sich unterwegs nicht verirren.

Und dann sehe ich weiter.

Ich glaube, ich werde bald weiterziehen. Kaan hat mir eine süße kleine Mail und Fotos von sich geschickt. Sein Trio hat gerade einen Vertrag für sechs Monate unterschrieben, in der Türkei. Ein Land, das ich nicht kenne. Und es gibt noch so viele andere. Die Welt ist groß und das Leben kurz.

Ich möchte mir im Alter nicht sagen müssen, dass ich mein Haus nie erforscht habe. Dass ich mein ganzes Leben nur in einer Ecke der Küche oder einem Winkel des Wohnzimmers verbracht habe.

Ich will leben, für immer und bis zum letzten Tag.

Ich habe noch ein Stück Weg vor mir.

Die Türkei ist ein schöner Anfang.

Am letzten Abend, als Cédric und Olivier davon sprachen, dass sie zurückkommen würden, um eine Weile auf dem Hof zu bleiben, wollte Roswell wissen, was sie hier für eine Arbeit machen würden.

Sie haben sich ein wenig unentschlossen angeschaut. »Na ja, also …«, hat Cédric angesetzt.

»Sie werden Männer für alles sein! Und da hier alles zu tun ist, trifft sich das gut«, hat Clo lächelnd eingeworfen.

Roswell hat sich schlappgelacht. Er hat sich in die Formulierung eines komplizierten Satzes gestürzt, der mich auch zum Lachen brachte.

»Übersetzt du für uns?«, hat Clo gebeten.

»Gérard möchte wissen, ob du nicht zufällig auch einen Mann *für nichts* brauchen könntest.«

»Mal sehen … Was hat er denn für nichtsnutzige Talente?«

»Er kann Gedichte auswendig«, habe ich gesagt.

»Er kann grottenfalsch singen«, hat Cédric hinzugefügt.

»Er zähmt wilde, gefährliche Hunde«, hat Olivier weitergemacht.

Und ich habe die Liste vervollständigt, indem ich sagte, er könnte auch sehr gut Popcorn machen und Küchen in Brand setzen.

Roswell hat Clo sein schönstes Lächeln geschenkt.

»Na dann, in der Tat …«, hat Clo nachdenklich gemeint. »Ich muss zugeben, dass wir hier wirklich niemand anderen haben, der das alles kann!«

Sie hat sich zu Roswell umgedreht und ihm in die Augen

geschaut, mit dieser schroffen Sanftheit, die nur Clo besitzt.

Ganz behutsam hat sie gefragt: »Du möchtest also auch wieder zurückkommen und hier leben, ja?«

Roswell hat losgeprustet und geantwortet: »Mmja.«

Marlène war braun gebrannt, Bertrand weniger blass als sonst. Die Woche in den Bergen hatte ihnen offensichtlich gutgetan. Sie zeigten uns stolz ihre Urlaubsfotos.

Weil schönes Wetter war, haben wir draußen Mittag gegessen. Ich habe Marlène und Bertrand von unserer Woche erzählt und von den gemeinsamen Plänen. Roswell saß am Tisch, eine Serviette um den Hals und seine rote Schirmmütze auf dem Kopf. Er hat seine Nudeln ohne größeren Zwischenfall gegessen.

Bertrand formte wieder Würfel aus Brotkrumen und blieb seinem Prinzip treu, nicht mehr als irgend nötig in Erscheinung zu treten.

Marlène wackelte unruhig mit dem Kopf, wie diese kleinen Hunde, die auf der Heckablage der Autos saßen, als ich noch klein war. Sie suchte krampfhaft nach Gegenargumenten.

Ich hatte Roswell ohne ihre Erlaubnis mitgenommen, weit weg, eine Woche lang. Und er war gesund und glücklich zurückgekehrt. Das war es wahrscheinlich, was sie mir am meisten übelnahm. Und jetzt fing Roswell auch noch an, davon zu reden, weggehen und sein eigenes Leben leben zu wollen, das war doch wirklich der Gipfel! Ganz zu schweigen von der Behindertenbeihilfe, die dann wegfallen würde, woran sie natürlich sofort dachte.

Sie schimpfte vor sich hin, während sie den Tisch abräumte. Jedes Mal, wenn sie zurückkam, warf sie Roswell vernichtende Blicke zu.

»Hat er es bei uns vielleicht nicht gut? Hat er nicht alles, was er braucht? Kümmere ich mich etwa nicht um ihn?«

Sie untermalte ihre Fragen mit großen Gesten, auf die Gefahr hin, ihr edles Melaminporzellan zu zertrümmern.

Roswell sackte immer mehr in sich zusammen und schaute sie mit seinem Rette-sich-wer-kann-Blick an.

Bertrand versuchte vergebens, die Lage zu beruhigen. »Das hat er doch nicht gesagt, Lénou. Er will lernen, seine eigenen Sachen zu machen. Eine Arbeit, eine Beschäftigung, was weiß ich. Er ist noch jung, verstehst du?«

»Misch du dich da nicht ein!«

Bertrand zuckte zusammen. »Na, also, hör mal, er ist mein Bruder …«

»Gieß nicht noch Öl ins Feuer! Ich brauche dich nicht, um mich aufzuregen, das kann ich ganz allein!«

Damit sie nicht vollends in die Luft ging, habe ich es mit e in paar neuen Argumenten versucht: »Du hättest weniger Arbeit, Marlène. Und mehr Zeit für dich, für deine Bilder. Außerdem könntest du *zwei* Zimmer vermieten, das bringt mehr als eins.«

Sie beruhigte sich mit einem Schlag. »Ach, das stimmt eigentlich«, hat sie gemeint. »Keine schlechte Idee!« Sie hat kurz gelächelt, sich aber ruck, zuck wieder zusammengenommen. In Geschäftsdingen ist sie die Gerissenheit in Person. Es muss immer so aussehen, als würde man sich die Leber aus dem Leib reißen.

Sie hat Roswell plötzlich ganz gerührt angeschaut. Man konnte zuschauen, wie sie die Rolle wechselte, eine echte Schauspielerin. Mit tiefem Bedauern in der Stimme sagte sie: »Es fällt mir einfach schwer, ihn weggehen zu lassen. Nicht wahr, mein Dusselchen? Es wird mir ganz komisch vorkommen, wenn ich dich nicht mehr am Hals … äh, im Haus habe. Man hängt schließlich nach all den Jahren aneinander.«

»Aber andererseits, Lénou, muss man sich doch auch in ihn hineinversetzen, und wenn er meint, dass es ihm dort besser geht …« Bertrand hat sich zu seinem Bruder umgedreht: »Willst du da wirklich hin, in diese komische Werkstätte?«

»Mmja.«

»Aber dann bist du weit weg, du wirst uns nicht mehr sehen …«, hat Marlène mit nachdenklicher Stimme eingeworfen. Sie musste schon am Rechnen sein, wie viel Miete sie für das Zimmer verlangen könnte.

Roswell hat geseufzt.

»Es zerreißt ihm auch das Herz, da bin ich mir sicher«, habe ich gesagt. »Aber es ist ihm genauso bewusst, dass er für euch eine Last ist. Vor allem für dich, Marlène.«

»Ach, so sehr nun auch wieder nicht. Man muss ja nicht gleich übertreiben. Für die Familie ist einem doch keine Mühe zu viel«, hat sie mit verlogener Stimme und abwesendem Blick gemeint und dabei an ihren BH-Trägern rumgezupft.

Wir haben alle »So ist es« und »Das ist wohl wahr« gemurmelt.

Dann fiel die Rührung in sich zusammen, schneller als ein Soufflé. Nach einer kurzen Pause fragte Marlène interessiert: »Und wie ist es eigentlich da auf dem Land, wo er wohnen will? Ist es hübsch?«

Sie war in den Bergen auf den Geschmack gekommen und sah sich schon bei Clo den nächsten Urlaub umsonst verbringen. Die Sommer im Grünen, das wäre doch nicht schlecht … Ich kannte sie inzwischen ganz gut.

Ausführlich habe ich ihr die Scheunen, die Melkmaschine, den Hühnerhof, die Traktoren beschrieben. Das helle Haus, die Blumen, den Tisch unter den Bäumen, den Obstgarten und die Hügel ringsum habe ich dagegen nur gestreift. Ich habe ihr ein sehr landwirtschaftliches Bild gezeichnet, mit viel

Matsch, Schmutz und Gestank. Roswell nickte, er stimmte mit zufriedenem Blick zu.

»Na, so was, na, so was, da hast du aber wirklich großes Glück!«, hat Marlène gemeint, in dem gleichen süßlichen Ton, mit dem sie zu einem Sterbenden gesagt hätte: »Na, du siehst aber prächtig aus!«

»Wir könnten ihn ja vielleicht ab und zu besuchen, wer weiß?«, hat Bertrand vorsichtig gemeint.

Marlène hat ihm einen strengen Blick zugeworfen. Dann hat sie tief geseufzt: »O ja, ich würde ihn wahnsinnig gern besuchen, wenn da nicht meine Ziegenallergie wäre ...«

Bertrand hat erstaunt eine Augenbraue hochgezogen.

Marlène machte ein beleidigtes Gesicht. »Jetzt tu nicht so, als wüsstest du nichts von meinen Allergien! Hast du etwa vergessen, dass ich auf dem Land Brennnesselsucht kriege?«

»Dassiss aber schhade!«, hat Roswell gemeint.

»Ja, wirklich schade«, habe ich bekräftigt.

»Vielleicht können wir ja trotzdem irgendwann mal vorbeifahren? Nur auf einen Sprung? Um ihm hallo zu sagen?«, hat Bertrand insistiert, unter Einsatz seines Lebens.

»Das kannst du ja machen, wenn du willst. Ich werde sicher kein Quick-Ödem riskieren, bloß um den Död... um deinen Bruder zu besuchen.«

»Na also!«, habe ich gesagt. »So machen wir's: Bertrand wird allein kommen, aber es wird so sein, als wärt ihr beide da. Du wirst mit deinen Gedanken und deinem Herzen dabei sein, Marlène. Was zählt, ist die gute Absicht!«

»Genau«, hat sie gemeint und an ihrer Zigarette gezogen. »Ich werde mit dem Herzen dabei sein.«

Als das Gespann am Gartentor gehalten hat, hat Marlène die Stirn gerunzelt und gemeint: »Was ist denn das?« Sie ist aufgestanden, das Geschirrtuch über der Schulter, und hat geschrien: »Was wollen Sie?«

»Das sind meine Freunde«, habe ich gesagt. »Sie kommen uns abholen.«

Cédric und Olivier sind in der gleißenden Mittagssonne von ihrem Ross gestiegen. Sie sahen aus wie zwei echte Westernhelden, Dick und Doof à la John Wayne.

Marlène hat halblaut gemurmelt: »Was sind das denn für Penner?«

Olivier hat mir ein Zeichen gegeben, und ich habe unsere Sachen aus dem Haus geholt. Bertrand hat seinen Bruder zum Abschied umarmt, er wirkte gerührt.

Marlène meinte nur: »Ich habe geschwitzt, ich umarme euch lieber nicht!«

Als wir endlich startklar waren, hat sich Cédric zu uns herunter gebeugt und Roswell gefragt: »Alles okay?«

»Okeh-Scheff!«

Olivier hat uns breit angegrinst: »Alles klar, dann kann's ja losgehen!«

Und Roswell hat gesagt: »Sssuper!«

Marina Lewycka im dtv

Kurze Geschichte des Traktors auf Ukrainisch
Roman
Übersetzt von Elfi Hartenstein

ISBN 978-3-423-**21101**-7
ISBN 978-3-423-**25304**-8 (dtv großdruck)

Nadias betagter Vater will wieder heiraten – eine üppige Blondine aus der Ukraine. Familienkrise! »Ein Bravourstück.« (Denis Scheck im ›Tagesspiegel‹)

Caravan
Roman
Übersetzt von Sophie Zeitz

ISBN 978-3-423-**21201**-4
ISBN 978-3-423-**25326**-0

Die Abenteuer einer Handvoll Erdbeerpflücker in England. Sie träumen von Wohlstand, Unabhängigkeit und Liebe. Doch sie haben nicht mit ausbeuterischen Arbeitgebern, bewaffneten Gangstern und regelwütigen Behörden gerechnet.

Das Leben kleben
Roman
Übersetzt von Sophie Zeitz

ISBN 978-3-423-**21349**-3
ISBN 978-3-423-**24780**-1

Sie begegnen sich an einem Müllcontainer: Georgie Sinclair, alleinerziehende Mutter, und Mrs. Shapiro, eine verschrobene alte Dame mit einer Vorliebe für Schnäppchenjagd und einem Geheimnis aus der Zeit des Krieges …

Die Werte der modernen Welt unter Berücksichtigung diverser Kleintiere
Roman
Übersetzt von Sophie Zeitz

ISBN 978-3-423-**28006**-8

Es ist das Jahr, in dem die Banken wanken – und eine Familie von Ex-Hippies gerät in einen Strudel skurriler Ereignisse.

Bitte besuchen Sie uns im Internet: www.dtv.de